小 夜 曲

小说界文库　　　《小说界》编辑部
第二辑　　　　　编

上海文艺
出版社

目 录

957号上的舒伯特　李静睿..........1

夜迷宫　btr.........43

你或植物　黄昱宁.........71

料理店之夜　康　夫.........99

去见小琳　吴元锴........129

仲夏夜的梦　彭　扬........173

音乐人生　哥舒意........209

957号上的舒伯特

李静睿

李静睿 毕业于南京大学，曾做过八年法制记者。出版有短篇小说集《北方大道》《小城：十二种人生》，长篇小说《微小的命运》《慎余堂》等。

一九九八年,春天又暖又早,楼前连野草地都开出蓬蓬荆条花。好几天了,我中午出门总能撞上段雪飞,蔫而吧唧的,半蹲在明黄花丛里,像一只举棋不定的猫。

我家住锅炉厂宿舍,七层红砖房,一楼四户,共用一个有冲水设备的卫生间;隔壁楼是镀锌铁丝厂宿舍,他们厂不行,宿舍里一层一个公用厨房,上厕所只能出门再走两百米,十几个人一字蹲开,那场景但凡见过的人,都不可能忘记。老有他们楼的人跑我们这边来解大手,按理说卫生间水费是走厂里水表,给人用用谁也不吃亏,但我们楼的人都觉得卫生间相当高级,而锅炉厂理应比铁丝厂高级,所以每层楼都在卫生间门上装了锁。这其实很麻烦,每天早上还得揣着钥匙上厕所,有时候忘记带,又憋不住,气氛就会变得很紧张。

锁经常会被铁丝撬开,这也可以理解,毕竟是镀锌铁丝厂的人,天时地利耳濡目染,使用铁丝的技术比较娴熟。但连续三天都遇到段雪飞,胖墩墩黑黢黢一个人,鬼鬼祟祟蹲在门口,我觉得这有点过分了,大声叫住他:"段雪飞!你又要来撬我们厕所,我爸说了,里头的锁芯都被你撬坏了!"

段雪飞平日里吊儿郎当,梳郭富城头,总学操社会的青年,双手插兜,今天却把右手背在后面,涨红了脸,说:"谁撬你们锁了,甭乱说!"

段雪飞爸妈都是铁丝厂工人,镀锌工,永远脸青白骇,嘴唇乌紫,远远看去有点像鬼,都说是在车间里被酸熏坏了,一个月可以多拿三十块劳保补贴。小学三年级,我和段雪飞同桌,我妈偷偷给班主任送了一瓶雅倩润肤霜,让她给我换了个位子,"哟,谁知道他身上有没有毒",这就是我妈,任凭再小的事情,也能运筹帷幄一番。

锅炉厂是三线企业,迁过来几十年,我妈却认为自己还是北京人,任何节日都在家双刀剁馅包饺子,坚持说普通话,也逼着我说,但我对此没什么兴趣。我是个四川人,特别爱吃肥肠,口头禅是"日起鬼哦"和"你给老子等斗"。

我后来被换去和薛凌峰坐,我妈感到满意,因为薛凌峰是锅炉厂副厂长的儿子。我妈是个有手段的女人,我和薛凌峰一直同桌到现在。上中学后段雪飞分到了差班,又留了一级,我们都高一了,他还在读初三,我们再没说过两句话,直到他老来用我们楼的厕所。段雪飞撬锁的技术实在不错,有两次我爸都在门口要堵住他了,他戳两下就又得了手,把门反锁，不紧不慢上完，再从窗户跳出去。我家住三楼，窗外有一棵密密匝匝的黄桷兰，段雪飞就先跳到树上，再溜下来，整套动作行云流水，"这家伙，跟只猫似的"。我后来发现，我爸内心深处其实有点欣赏段雪飞，就像他欣赏我长期背着我妈，四处跟人说"你给老子等斗"，他就没有办法，还得正儿八经说普通话，加很多儿化音，做一个流亡在外的北京人。

我冲上去，把段雪飞的右手翻过来，说："还说没撬！你看看这是……咦？这是什么？"

他右手翻过来，不是铁丝，是两张《泰坦尼克号》的电影票，粉红色，在手里攥久了，汗津津的，有一张还缺了角，用作业本纸胡乱补了补。区里电影院正放这个，排队的人早上五点就坐在门口嗑瓜子排队，我六点起床，还吃了冬寒菜稀饭再过去，最后只在门口买到一堆搂搂抱抱的不干胶。

我又惊又气："你怎么能买到？！"

段雪飞支支吾吾，想了半天，说："我舅舅给的，他在文化局上班。"

"卖不卖？"

"什么？"

"卖给我,怎么样,你反正也看不懂。"

段雪飞脸又红了,气呼呼地说:"可以!老子本来就是要卖了买烟!五十。"

"什么?"

"五十一张,要不要?"

"你咋子不去抢?"

"不要算球。"段雪飞转身就走。

"你给老子等斗。"我追了出去。前头有个水泥乒乓球台,台下搁着巨大的潲水缸,每周有人来收一次,今天大概是第五或者第六天,天气暖热,那味道半旋空中,不易形容。段雪飞听我叫他也不转头,不知怎么回事,却跳上乒乓台,蹲在那里,往潲水缸里吐口水。

我捂着鼻子:"三十,我就这么多钱。"

"四十。"

"三十五。"

"行吧。"他跳下乒乓台,明明穿皮鞋,却没一点儿声音,我想到爸爸说的,这家伙,跟只猫似的。

我从书包里拿出一团十块,数了七张,扔进他手里,又把两张票都抓过来。他愣了愣,没说什么,把钱胡乱塞进裤兜，又对我挥挥手，走了。

花光三分之一毕生存款，我却喜滋滋的，把那两张票压进数学书。下午一点，暖到近乎于热，春天游移不定，让一切变得浑浊，空中飘浮大团白色柳絮，涮水缸里有将馊未馊的红苕稀饭，前方段雪飞走得极快，像一只仓皇溜走的猫。

那几年大家都过得不好，到了九八年，身边大部分同学的父母都下了岗。别人家不知道怎么样，我们家反正总吃白鲢，活白鲢一斤三块，刚死不久的一斤一块，我们就总吃刚死的，拼命加辣椒和大葱，这样能压住腥味。"多吃点，鱼吃多了聪明。"我妈说。但我并不那么在乎是不是聪明，白鲢寡油，我变得很馋，想吃肥肉，我妈一直稳着不买，我就每天早上用猪油拌饭，睡前吃一小碟油渣蘸白糖，牙坏了，照镜子能看到一个黑漆漆的洞。

已经是这种情况了，我们锅炉厂依然比别的厂高级，因为下岗人数只有三分之一，不到四十岁的不下，技术骨干不下，夫妻双职工的，只有女人下岗。我妈不服气，她是车工，工资本来比我爸要多二十五，我爸这种电工只能换换灯泡，拿电笔四处戳戳是不是漏电，没什么技术含量。她去厂里闹过几次，先没找到人，最后一次见到副厂长薛建国，也就是薛凌峰他爸，薛建国抱着泡了胖大海的玻璃杯，语重心长地说："罗桂芳同志，你是党员，应该发挥带头作用，支持党中央和国务院的国有企业改革嘛……现在呢，我们厂里头是有点困难，但这只是暂时的，等再需要的时候，你也要做好准备随时回来嘛，再说了，你家肖全辉不是还在厂头？"

我妈说："肖全辉一个月工资才三百，过不下去。"

薛建国说："不止哦，午餐补贴还有三十，防暑降温费二十八，肖全辉一个月三百五跑不脱。"

我妈说："三百五也过不下去，肖珉珉要中考了，需要补充营养，多吃点肉。"

薛建国说："小幺妹，肉吃多了也不好，青春期发胖，以后瘦不下来，我看珉珉腿就有点粗，多吃点鱼嘛，吃鱼长脑壳。"

我妈还想说点什么，薛建国挥挥手，起身给胖大海续水，说："罗桂芳，你差不多可以了，你看看边上铁丝厂，百分之九十几都下了，人家也没有怨党怨政府，你是首都来的，北京人，素质高，高风亮节，你说是不是？"

我妈没话说了,只能高风亮节,回家经过菜市场,买了一条没死透的白鲢,白鲢一块五,葱姜蒜辣椒一共五毛,都快走到家了,又掉头回去,买了三两猪头肉,七块五,挑了特别肥的一截,老板都拌好了,回家她还加了一大勺猪油。

我吃完凉拌猪头肉,满嘴蒜味,刷了好几次牙,又嚼了我爸杯子里的茶叶末儿,这才出门去电影院。我妈没问我去哪里,她每晚都要在门口的烂茶馆里打麻将,五毛钱的底,三番封顶,血战到底,北京人按理说不应该打这种不上档次的小麻将,但如果手气旺,一晚上能起来一周的饭钱,我妈最近手顺,考虑到我的猪头肉,也就顾不上北京人的身份了。她打牌,我爸就坐在边上,喝茶,剥花生,看黄易的武侠小说,要是我妈有一阵儿实在不顺,他就上去换个手,赢家一般都不愿意有人换手,这会败风水,但我妈说了,她有病,憋不住尿。她总是尿很久,再回来时,一上手就做三番,十之八九又能风生水起。

这就是九八年,连清洁工都有一大半下岗,如果总不下雨,走在路上就会吃土,那个冬天只有两场小雨,于是人人都穿着旧衣服,灰扑扑吃土。没什么人出去吃饭,路旁小饭馆却也没有关门,生意不好,大家就凑在门口炸金花,也是五毛的底，但上不封顶，输赢过了五十，气氛就会非常紧张。卖肥肠面的老板见我经过，总让我用棒棒手给他切牌，如果切出好牌，就奖我自己去锅里夹两块肥肠。他家的肥肠不撕油，我细心选出肥肠头那一截，两块下去确实止馋，何况我总夹三块，肥肠油的味道萦绕口腔，帮我度过了那个冬天。

就这样，每个人都觉得难，却每个人都活了下来，那年春天又来得如此迅猛急促，让人觉得这一切都会过去得很快，但不知道怎么回事，好多年之后，我还被困在一九九八年。

大年二十九我才回家，在T3安检口遇到薛凌峰，拖一个蓝色Rimowa，灰色大衣搭在手上，满脸不耐地打电话。我们有半年没见了，上次是在七月，暴雨预告三天，却一直没能下来，我满脸油汗，坐在一辆没有空调的846上，车上密密挨挨的人，我为有座位感到庆幸。那段时间我总这样，提醒自己为任何事情感到庆幸，发票刮出五块钱，抢到大望路一元剪发团购，吃味千牛肉炒饭牛肉特别多，诸如此类。

车刚过传媒大学，薛凌峰给我发短信："晚上要不要过来？我十点左右到家。"我在东大桥下车，不过下午三点，找了家麦当劳硬生生坐到九点五十，去卫生间补好妆，确认身上没有汗味，这才走去薛凌峰的小区。

小区很大，底商很有几家好餐厅，有两次薛凌峰让我下午五点过来，做过爱之后，他也请我下楼吃日本菜。两个人坐在吧台上，隔好一段距离，呆呆等着厨师做手握寿司，海胆、鳗鱼、金枪鱼腹，有一次吃到河豚，就是这些东西，没什么意思，却足够我又一次为当下感到庆幸，以及发几次朋友圈。吃过之后薛凌峰买单，客客气气给我打车，塞给司机一百块钱，我回家走京通快速大概八十五，但有十块钱过路费，我总等车开出去一会儿后说："师傅，走朝阳路。"朝阳路堵一点，红灯也多，但能省二十，我又并没有什么着急的事情。

门铃响一声薛凌峰就开了门，正在扯领带，他拉我进门，把我压在玄关的换鞋长凳上，又撕开内裤，一言不发，就这么硬硬地进去。他总撕我的内裤，倒是没有撕过裙子，毕竟我在这里也没有换洗衣服，不穿内裤却不怎么要紧，好几次我就这样，空空荡荡回家，夏夜暖风，钻进裙底，像一双充满爱意的手,比薛凌峰温柔一些的手。

性生活本身没什么不好,不短不长,不管是时间还是尺寸,几乎每一次我都能到高潮。只是薛凌峰从不把我放在床上,换鞋凳、三人沙发、单人沙发、地毯、料理台,像某部狂热的偷情电影。我却还是比较喜欢床,料理台非常硬,地毯上有猫毛和零散猫砂,真皮沙发入骨冰凉。房子是规规矩矩三室两厅,有一个层高五米的阳台,做完之后薛凌峰会去上面抽烟,靠在栏杆上,前头是那种理应如此的北京夜景,国贸三期闪烁灯牌,三环堵得要命,世贸天阶的天幕下似乎有人求婚。我洗完澡,也出去找他要了烟,他一直抽七星,一股薄荷味,烟雾缓缓上升,汇入无边灰霾,一支烟可以拖得很长,我们都不说话,像两个不怎么熟的人,不明白一切怎么走到了今天。

安检时薛凌峰终于看见我,点了点头。后来再见就已经登了机,他坐商务舱第一排,换好拖鞋,低头读一份英文报纸,通道上有人放行李,我站了好一会儿,他就一直没读完头版。座位在倒数第二排,也不靠窗,因为买得早,机票打了五折,飞机升空时遇到气流,我这位置颠得厉害,有那么一瞬间,我以为会死在今天。死倒是没什么,只是那样人人都会以为我和薛凌峰死在一起，想到这种可能，我突然感到不可遏制的恶心。

刚上大学那一年，我们算谈过恋爱。我高考失误，读一个根本没想到会那么烂的学校，又正好遇到新校区搬到良乡，薛凌峰却在北大，见一次面需要往返坐六个小时公交地铁。刚到北京，我们都有一种恐慌式孤独，于是每个周末都见面，总是我去看他，和现在一样，我并没有什么着急的事情。公交一路往北，因为上车早我总有位子，我就一直坐在那里，看窗外经过一家沙县小吃，又一家沙县小吃，我一直没有相信这件事是真的，我是说，有一个读北大的男朋友这件事，我甚至没有和任何一个人提起过，我认为这样以后就不至于让自己显得太难堪。

一开始薛凌峰也会在未名湖边上抱着我，久久接吻，后来他有了一点变化，这种变化微妙，然而明确，在他回我短信变成两三天一条时，我提出分手，他表示同意，整个过程和我的想象完全一样，有一点无人知晓的屈辱，却也不算难看，确定分手时我们甚至没有通过一次电话。那时我们也没有发生过什么，因为并没有钱去开房，有几次他非常冲动，让我把手伸进裤子，替他解决问题，我不怎么喜欢，但像别的我不喜欢的事情，我并没有拒绝。很多年后我才开始为这件事后悔，它本身不怎么重要，但那种甚至没有想过拒绝的心情，在后面的时间中，出人意料地慢慢变得重要起来，有一次半夜想到，突然愤怒地摔了手机，对着有青白霉斑的墙壁，我大声说：你给老子等斗！

等到2012年，我和薛凌峰通过初中同学群互加了微信，有一个周末他突然问我："你这两天会经过国贸吗？"我分明应该揣着一把刀去复仇，但真他妈日起鬼，我居然换了裙子化好妆，在他家的沙发上，和没有戴套的薛凌峰做了第一次。也是盛夏，中央空调开得极低，我一直发抖，中间有两次想贴住他取暖，但他又挺身起来，除了连接的地方，我们一直有点距离。房间里不知道什么地方藏着音响，放那种极闷却极合适的音乐，后来我发现薛凌峰总放这一首，就问过一次，他刚结束，漫不经心从我身上下来，躺在地毯上，伸手去扯抽纸，"好像是舒伯特的小夜曲"，他也不怎么确定，"买音响送的碟，一直没拿出来"。有一次我拿套的时候看到那张CD的盒子，"Schubert Schwanengesang，D 957"，后来我在家也常常听，舒伯特第957号作品。

这种关系就这样持续下来。中间那几年的后悔与愤怒并没有消失，却和另外的东西并行不悖，拽着我走到今天。我也想过等我交到男朋友就和他断掉，但还是日起鬼，两年里我一直没能认识什么合适的人，不合适的倒是有几个，都和我一样，挣税前六七千的工资，在通州破小区里租房，出入地铁，吃二十块以内的晚餐，脸上有一种一眼即知的窘迫，我甚至没法假装自己对他们有什么兴趣。

三十岁生日那天我在楼下吃麻辣烫，有个男人看我一眼，又看我一眼，小心翼翼问能不能加我的微信，我觉得他有点面熟，就让他扫了二维码。回家后我沉沉睡了一觉，梦中有魇，半夜醒来，窗外路灯斜斜照进余光，房间逼仄，似有鬼影流动，眼前是多年前的一场大火，这让我终于想起来，那男人长得圆头圆脑，顶上有两个旋儿，看起来一股傻相，正是一九九八年的段雪飞。

去电影院是想碰碰运气，我手上没有票。中午到学校，薛凌峰已经端端正正坐在那里写作业。我们从幼儿园起就是同班，他一直是个端端正正的男同学，职工子弟幼儿园就在厂里，原本是个废弃车间，里头有几个坏掉的耐热炉箅子，那东西有点像个带缝隙的圆桌，厂里省钱，下面垫一个锅炉风帽，再铺上油纸，我们就在上面画画、撕纸和吃白糖泡粑。门前有一个巨大的水泥坝子，每逢组装锅炉，几十个小孩儿屁滚尿流，堆在坝子里围观，焊枪火星四溅，如果遇上冬天，每个人的棉服都被烧出小小黑洞，让这更像是在过年。

只有薛凌峰，丁点儿大一个人，谨谨慎慎地爬到窗前长桌上，透过污脏玻璃往外看，"我爸说了，这有危险。"就这样，大家都到了十五岁，小时候人人都长得一团混沌，也就是这两年我才意识到，原来长得像他那样端正的男同学，并不是很多。课间操举目四望，要不瘦得像猴儿，手长脚长，满脸脓包，要不就像段雪飞，圆圆短短一张脸，校服裤子卷了两卷还拖在地上，袖口脏得堆泥，整个冬天都只穿一件手打黑色高领毛衣。

十五岁，好像必须得喜欢个什么人了，我思索良久，决定喜欢薛凌峰，一是同桌比较方便，二是班上也并没有更合理的人选，三是我觉得这样我妈会比较高兴。下岗后她过得不好，吃着吃着饭也会无端端哭一场，如果我的未来能和薛凌峰扯上一点关系，她也许会稍感安慰。我们班有二十八个女生，我疑心有二十个决定喜欢薛凌峰，这也让我感到安全，我总是走拥挤的道路，因为这总是让人感到安全。

我坐下来也酝酿了一会儿，这才推推薛凌峰："喂。"

他看看我，继续写作业。

我又推他："喂。"

"嗯。"

"电影看吗？"

"嗯？"

"《泰坦尼克号》，就是挺好看那女的……"

"我知道《泰坦尼克号》。"

"我有两张票，就今天晚上的，我舅舅在文化局……"

"多少钱？"

"啊？"

"都卖给我，多少钱？"

我有点泄气，但到了这个份上，我也不在乎趁机赚一笔："一百。"

"可以。"他没再说什么，从校服裤子里摸出一百块，这张钱和薛凌峰所有的东西一样，崭新，体面，干净利落。我想到我递给段雪飞那揉成一团的七十块，拿出那两张用作业本补过的电影票，薛凌峰皱皱眉，收了下来。教室里人渐渐多了，值日生开始擦黑板，青天白日，尘埃在光中清晰地画出一道实线，我在这边，而薛凌峰在另一边。

电影院门口都是我这种人，不想花钱，又想碰碰运气。三四十个人聚在售票处前头，不知道谁带了瓜子，于是大家都蹲在地上嗑瓜子。有人说开场了总能溜进去，又有人说，电影院后面有个小门，看门那老头儿姓李，平日里凶是凶，给他买包"娇子"脾气也就好了。我远远看见薛凌峰，似乎在等什么人。他还是穿着校服，洗得蓝是蓝白是白，里头一件白得不合理的高领毛衣。我也还穿着校服，里头也是白毛衣，因为一周只能洗一次澡，领口一道黑垢，有时候不得不把领子往下翻两圈，我妈也不是不洗衣服，只是非常奇怪，她再怎么努力，也不过洗成糊里糊涂的灰色。

七点半的电影，到了八点，谁也没能溜进去，也没人舍得十块钱去买"娇子"，人先散了一半，剩下一半就近找茶馆打牌。我有点失望，但想到一天里平白赚了三十块，又不想回家，就在电影院对面找了一家小面馆，吃加两份肥肠的肥肠面。

火大概在八点半烧起来，我正犹豫要不要再点一笼粉蒸肥肠，抬头已看见隐约火光。开始以为是灯，旋即闻到烟味，电影院大门涌出惊慌人群，我放下碗，却鬼使神差向那火光冲去，像黑暗之中有莫名暗示，提醒我如果不是这样，就会错过某些莫名又确定的东西。往外奔跑的人太多，我没能进大门，倒遇见脸色苍白的薛凌峰，都这个时候了，他明明鼻尖粘黑灰，身上一股怪味，却还是那副全然洁净的模样，实在是日起鬼。

我拉住他的袖子："咋子回事？"

他略微焦急，看着前方："烧起来了。"

"哪里烧起来了？"

"放映室。"

我还想问两句，他却挣脱我的手，急匆匆走了。我看见前头有个女孩子，和我一般穿着校服，束高高马尾，薛凌峰追上她，侧过头去和她说话，我这才认出来，那是林小云，我们校长的女儿，原来另外一张票去了这里。

林小云长得也就和我差不多模样，瘦瘦长长，却有张鼓鼓的圆脸，麦色皮肤，额头上有一个黑灰圆印，倒像是特意化了印度妆。她大概有点冷，这么远也能看到在发抖，睫毛垂下，要哭不哭的模样，薛凌峰低头拍拍她的背，拍得很轻，又更轻地说了几个字。空气弥漫烟灰，以及一种让我陌生的柔情。薛凌峰这个人平日里看不出什么情感，考第一名是什么样子，吃包子时他就也是这么个样子。我有点怕他，同桌这么多年，开口说话还得猛提一口气，永远不敢抄他作业，看了几本言情小说，我恍然大悟，喜欢一个人原来就是这样的，带着距离、陌生和恐惧。

火并没有熄，不紧不慢烧着，往不确定的方向蔓延，消防站就在附近，消防车却好一会儿才到。电影院门前是个窄窄斜坡，车进不来，几个消防员满面酒气，不怎么耐烦，慢悠悠在那里铺水管，铺好后发现消防龙头没有水，又把管子接到肥肠面馆，老板大概想到水费，期期艾艾不肯把水开到最大，那水管瘪了很久，才渐渐充盈，等水的时间里，几个人就蹲在面馆门牙上，若无其事点上烟。耗了这么些时间，火已经渐渐弱下去，走远的人又陆续回来，大家都顶着漫天烟灰嗑剩下的瓜子，像看一场比《泰坦尼克号》更让人入戏的电影。这附近都停了电，火光如水流动，在黑暗中越行越窄，渐至干涸。

我也站了一会儿，开始只看见火光，后来发现火光中总浮动着林小云的脸，圆圆鼓鼓，两颊酒窝，睫毛垂下时似有阴影，像我用了魔镜，照出一个更美的自己。我在人群中找了又找，她和薛凌峰都不在。他们大概觉得这些事情没什么意思，想到这个，我觉得自己没意思极了。

火迟迟未灭，我嗑完手里最后几颗瓜子，转身回家，快到家的时候，身后天空又亮了一亮，我应该看见一点余光，然而挫败和厌倦让我对这一切失去了兴趣，连回头都不愿。我走进黑漆漆的门洞，又走进黑漆漆的房门，爸妈没有回来，我在黑暗中想了许久，试图想清楚一些不确定的问题，但最终我只是决定忘记这该死的一天，然后睡了过去。

大年初十，我去羊肉汤馆参加小学同学会。此前我已经参加了初中同学会和高中同学会，这种聚会当然非常无聊，总在火锅店或者羊肉汤馆里，带空调的包间里摆三张油腻圆桌，永远只能坐满两桌，剩下一桌零星有三五个人，对着一桌子菜，也不喝酒，开最大瓶的雪碧，默默吃到最后。不知道从哪一年开始，我总是坐在这第三桌上吃到最后，菜太多了，为了避免和人交流近况，我只能一直埋头苦吃，有两次甚至吃到恶心，回家后吐了一场，黄色胃液翻腾，马桶里有完整的毛肚和羊头肉。

坐在冰凉的地板上我也想过，明年索性不要参加，却一年比一年去得更早，说不上什么原因，大概人落魄时就是这样，连最微不足道的地方，也会失去勇气。薛凌峰就从来不参加同学会，小学的，初中的，高中的，有一次和他上床后我才猛然意识到，我们从幼儿园一直同学到高中。

进包间不过五点半，里面稀稀落落有七八个人，都是班上过得不大好的那种，每年我们都是来得最早的一批，男男女女都显得过分隆重，男同学明显刚擦了皮鞋，女同学穿着紫色拼貂大衣。我知道这种衣服，皮草批发市场上卖两千五，可以打九折，我妈去年刚买了一件，自贡的冬天并没有冷到这个地步，但她每日每日地穿着。北方人都穿这个，我妈说。她现在不怎么说自己是北京人了，只偶尔提到北方，像一种遥远而不切实际的意象，过年照旧包饺子。

我穿一件驼色羊毛大衣，这是薛凌峰去年送我的，春节前我去他家，结束之后他本来裸身躺在地毯上刷手机，却突然站起来，从四周散落的衣服里摸出钱包，又扔给我一张购物卡："新光天地的，你拿去随便买点东西。"卡里有一万块钱，我于是买了这件打完折九千多的大衣，含30%羊绒，纯羊绒的更轻更薄，但要两万出头。卡里剩下的钱我拿去超市买了一些水果和酸奶,超市非常贵,几百块钱并没有买到多少东西。我拎着几个塑料袋,去新光天地对面的公交车站,坐930回家。

进屋后一会儿我才发现,当中有个陌生面孔。远远看过去有点面熟,定睛一看又的确不认识。圆头圆脑一个人,穿胖墩墩的黑色棉服,衬得皮肤更显病态苍白,他坐在角落里,并不和任何人说话,却面带饥渴,认真听每个人说话,手捧一个巨大的保温杯,每隔几分钟要续一次水,这让他频繁进出去上洗手间。在看着他第四或者第五次蹑手蹑脚把门掩上后,我终于意识到,这个走路像猫一样悄无声息的中年男人,是多年未见的段雪飞。

饭局七点才开始,大家一直在等一个当了副区长的男同学,最后他在群里发了语音信息,表示自己"给大家赔罪,实在来不了"。

我照例坐的没满员的那一桌上,这次坐了五个人,对住面前起码五斤羊肉羊杂,和一大铝盆碧绿豌豆颠。我暗暗下了决心,今天要少吃一点,再早一点走,并没有什么人和我说话,我却每年都是最后一批离开的人,这样就不用和任何人告别。

桌上的人年年都见到，但我忘记了他们的名字，想来他们对我也是如此，大家甚至没有装作应该互相加一下微信。也许每个人都心知肚明，坐这一桌的人，并不值得加什么微信。汤很快沸了，大家沉默着往自己的小料碗里加汤和小米辣椒，我一时走神，撒了太多调味盐，汤勺已经递给下一个人，鼓了许久勇气，我才敢出声把汤勺要回来再加一点汤，心虚和胆怯一旦开始，似乎就会这样无止境下去，这让我非常疲惫，却又无计可施。

这家的羊肉汤在自贡是有名的，刚才去后院上卫生间，一张血红羊皮挂在竹竿上，下头有人在剔羊头肉，旁边板凳上一字排开几个剔得干干净净的羊头。回到桌上，第一筷子就夹到带眼珠那块肉，我犹豫半刻，吃下了那颗眼珠。

羊眼珠柔软滑腻，蘸上小米辣并不难下口，但这仍然让我许久才夹了第二筷子羊肉，这块却又太肥，刚裹着饭勉强吞下去，段雪飞拿着保温杯，坐在了我边上。他刚才坐在旁边那桌，倒也没人说什么，只是没人和他说话，到了现在，他大概醒悟过来，每个人都有每个人的位子，他的位子和我一样，在这第三桌上。

桌子很空，大家都间隔着坐，段雪飞却实实在在坐在了我边上，我感到困扰，但又能怎么办呢，我并没有别的地方可以去。他闷头吃了一会儿，我看他只拣肥肉和带油羊肠，把雪碧倒进保温杯里，并没有喝酒，吃了一会儿却满面通红，终于，像我一直担心的那样，他开口和我说话了。

"珉珉，你过得挺好的吧？"他侧身过来，想看着我的眼睛。

"还行。"我不显山不露水地挪了挪位子。

"你们一家都回北京了？"

"没有，就我在北京。"出于奇异的自尊心，我没有解释并没有"回北京"这种选项，我父母被困在自贡，就像我如今被困在北京。

段雪飞"哦"了一声，放下筷子，双手抱住保温杯，他那脸本就红，现在则近乎于大火烧伤。他努力许久也没有找到下一个话题，却始终不肯把头转回去。羊头汤熬成某种胶质，大家开始下豌豆颠，我佯装没有注意到段雪飞一直微微侧身坐着，他不再吃菜了，只是一直用保温杯加雪碧喝。包间里起码有二十五摄氏度，他却没脱棉服，衣服拉链拉到下巴底下，更显缩颈缩喉模样。我吃了两筷子豌豆颠，又起身加了一次米饭，终于为自己的沉默感到不忍。

"你……出来多久了？"

"三……三……不对，四个多月。"他的声音几乎是在发抖。

"哦……那……你现在住哪里？"段雪飞的父母都死了，前后只差一年，都是癌，"我早说了有毒"，这是我妈的评价。镀锌铁丝厂得癌的人很多，那两年哪个厂得癌的人都很多。段雪飞他妈死之前遇上公房改革，花几万块可以买下宿舍产权，但她自然没有几万块，她死了之后，房子就被收了回去，"人家厂里还是可以，让她住到死，就是孩子可怜，出来也不知道住哪里"，这也是我妈的评论，除此之外，起码有十年，我从来没有听到谁提起过关于段雪飞的一切。

"住单位，有宿舍，我找到工作了，在电影院做保安，假日影城，你去过没有？"也就是他这样的人，也不是公务员，却还在说"单位"。

"去过，就还在以前电影院那地方。"我想，他倒是不避讳。

中学时的电影院前两年拆了，建成商场，底楼是电影院加游戏厅。和薛凌峰的恋爱跨了一个寒假，大年初三我们约好看电影，两点的票，我等到两点四十，发过去的八条短信都没有回音,我撕掉那两张票,转头进了游戏厅。那天似雪非雪,游戏厅里没有空调,又坏了一扇窗,我正好坐在窗边,打到最后双手僵硬,窗外雾雪沉沉,我明明停下来搓手,不知怎么回事,一拳砸向操作杆,游戏机发出怪响,春丽的双腿半悬空中,是那个冬天留给我的最后一点东西。

"你什么时候看电影就来找我……我……我请你。"最后三个字说得很轻,段雪飞的脸突然之间白了下来,却还留着一点红印,像一个热气腾腾的人骤然入了冰天雪地,一时间拿不准如何反应。

说一句"好的"应该非常容易,我却无论如何没有说出口,只是起身去了一次卫生间。天已黑尽,通往卫生间的小院灭了灯,隐约能见阴森白骨和斑斑血迹,站在院中踟蹰许久,我终于意识到,那是剔干净肉的羊头。

拖了十五分钟我才回到包间,段雪飞已经走了,在我碗下压了一张纸条,用纯蓝墨水端端正正写着"珉珉,上班先走了,有空和我联系。雪飞",下面是他的手机号。真是日起鬼,我们从来没有过可以互称"珉珉"和"雪飞"的关系,我再看一眼,发现段雪飞写一手漂亮颜体,小时候我们同桌,一起在书法课上临过帖子,写"白日依山尽,黄河入海流"。

但现在谁还会写字？也只有他这样的人，还随身带着钢笔，用纯蓝墨水。

里面可能太闲了，也就能写写字。他可能以为外面还在用BB机。我略带快意地想，却不知道这快意来自哪里。

桌上其他人都看过来，我反倒不好意思撕掉纸条，只能若无其事揣进兜里。

饭局到了尽头，羊肉汤早关了火，屋里迅速冷下来，每个人都裹上外套，吃店里送的醪糟汤圆。自贡的醪糟汤圆应该是无馅儿的，我却吃到一粒里头有芝麻和花生，这让我又一次隐秘地感到庆幸。和往年一样，有人开始约饭后去大时代卡拉OK，我向来都是去的，人均一百的消费，我一首歌都没有唱过，也不喝酒，不过在超大包间里默默坐到凌晨一点，吃两瓣果盘里的橙子，果盘里还有西瓜、樱桃和草莓，但橙子最便宜。橙子总是很酸，天花板上有旋转彩灯，照得每个人都像鬼，而每个人唱歌也都非常难听。

但今年，今年将会不一样，今年我下了决心，要做最早一批从聚会上离开的人。今年，今年是开始，也是终局，明年我会退出所有的群，不给任何人发新年祝福，不再参加小学、初中以及高中同学会。

老板进来买单，我正打算给份子钱就走，却听到有人说："等会儿卡拉OK别凑钱，让薛凌峰买单，狗日的总算要来了，好歹还是个班长，集体活动一次都不参加……我们班现在是不是他最有钱？"

我在虚空中点了点头。薛凌峰城里的房子起码值一千五百万，有一次上床后他无意中说起，自己刚在顺义买了一栋别墅，"有空带你去看看"，他说，从手机里翻出几张照片，一看就是开发商自带的装修，水晶灯、欧式沙发、罗马柱、喷泉、假山、齐齐整整的草坪，有钱的人可能都是这样生活的，我对此也并无其他想象。

"真漂亮。"我穿上内衣，努力显得真诚。

"还行吧。"他连衬衫都穿好了，转头问我，"你怎么回家？"

大概怕我再不肯回家，薛凌峰并没有带我去过别墅，但我知道，我们班现在数他最有钱。

"大时代"开了怕有二十年，最早叫"欢歌KTV"，也就一百多平方的一个厅，摆了二十几张小圆桌，大家挤挤挨挨坐在一起，像一粒一粒粘住的汤圆。五块钱唱一下午，等麦克风轮到自己大概要两个小时，一下午最多能唱三首。中学时大家都来，自带瓜子、话梅和扑克牌，四人一桌，没轮到麦克风的时候，我们就打拱猪，输最多的人替另外三人付那五块钱。老板是个胖胖的男人，坐在门口收钱，老板娘是个胖胖的女人，化极其隆重的妆，却只是整日坐在吧台后面看一个黑白小电视，厅内大家都扯着嗓子唱《海阔天空》，她依然镇定自若，看郑少秋演的《大时代》。

就这样，老板终究是发了财，把平房扩建成三层楼，变成远近闻名的"大时代娱乐城"，每次过去，老板本人还是坐在前台收钱，似乎这成为一种个人爱好，胖胖的老板娘则多年不见，也许她不再是老板娘。每个人的生活都有一种隐秘剧变，即使那些看来停在原地的人，也是如此。

薛凌峰在群里说了三次"马上就到"，真到的时候已经十一点。大衣濡湿，他用灰色围巾擦擦头，说："下雨了。"本来有人在唱不知道哪首张宇，薛凌峰进门后，他们就把伴音关了，包间里骤然安静，顶上彩灯空转，分明是黑漆漆的地方，我却清清楚楚看见薛凌峰的脸，黑眼圈极深，鼻子上长了一个粉刺，他还是少年时的轮廓，只是像一幅画泅了水，边缘渐渐含糊不清，整个人外扩了一圈。

薛凌峰坐在环形沙发的正中，有个女同学让出那个位子，就坐在旁边。我则坐在最靠门的那个小墩上。我总是坐这里，一是离卫生间近，二是随时要出门叫服务员送酒和小吃，到了半夜大家都会点宵夜，我就一一记下，几碗抄手，几碗排骨面。有些人麻烦，要吃炒饭，我就去和厨房沟通，能不能炒一锅蛋炒饭。厨房在走廊尽头，经过一排罗马柱和水晶灯，踩在有斑驳花纹的仿大理石地砖上面，薛凌峰的别墅应该就是这种样子，但他会用真的大理石。

不知道谁说"别唱了别唱了，大家聊聊天"，于是大家都围坐在一起聊天。我出去让服务员又送了两打百威，两个特大果盘，一斤焦糖瓜子，犹豫了一下没有叫宵夜，还没到时间。这么进进出出，薛凌峰却似乎并没有看见我，果盘上来时他俯身拿了两颗草莓，抬头正好撞上我的眼睛，他没有停留，把草莓扔进嘴里。

说是聊天，话题一直只是绕着薛凌峰旋转。他已经脱了大衣，里面是一件白色羊绒毛衣，半明半暗中是一种耀眼银白。自贡的冬天一直下雨，四处泥泞污脏，我们都穿深色打底，但薛凌峰从来不是我们。

"薛班长是不是发了财就看不起我们这些老同学哦,同学会咋子从来都不来?"一个看来眼熟的男同学给薛凌峰倒酒,我想了想,发现自己根本不记得他的名字。

"这么说就没意思了……来,干一杯干一杯。"薛凌峰干了那杯酒,于是大家都干了一杯。

"班长现在到底在发啥子财哦?"一个女同学问,我记得她叫王媛媛。去年有同学发错群,说"你晓得不?王媛媛离婚了,说是分了一套房子,还有三十万现金",这句话很快撤了回去,但我疑心每个人都已经看到,后来再看到王媛媛我会想,就是这么个人,发面馒头一张脸,口红涂到牙齿上,却也有一套房子,和三十万。

"发个龟儿子财,还不是随便在北京混混日子。"有时候做爱中途有电话过来,薛凌峰看看手机,会决定是不是中断起身,去卫生间接电话。我从来没有搞清楚过他到底做什么,想来也就是和投资、金融、商业这些词语有点关系,我也是第一次听他说"龟儿子",我们都长大了,一直有礼有节,只说普通话。

"班长谦虚了嚛。"大家都这么说,薛凌峰微微笑起来,又拿起一个草莓。

话就算这么聊开了。半个小时之后，我知道薛凌峰本来在基金公司，这两年出来自己做私募，前几年赚自然是赚的，去年股灾时几个产品则亏了不少，"……跑赢了沪深300，当然……但还是损失惨重啊……谁损失？客户损失不就等于我损失，你们说是不是？……我给你们说，明年不要再买银行这种大蓝筹，国家不会再拉银行股了……钢铁不错，去年我见朋友开峰会，哪个不说钢铁去产能、业绩提振？这说明什么？这说明他们都介入了呗，流通市值已经锁住了，这时候不进场什么时候进场？"薛凌峰的话一直有一种精妙平衡，既要说明自己的确挣了钱，又不能显得挣太多，就像他那套我一直没有真正见过、却又知道确实存在的别墅。

说到股市大家都激动了，起码有三个人打开手机录音，我也拿出手机看了看，十二点四十，再不点宵夜，厨房师傅就要下班，去年我们拖到一点半，面条硬心，抄手破了皮，蛋炒饭是我自己去厨房炒出来的，蛋炒得太老，饭汪在油里，最后我自己全部吃了下去。

我用手机把大家点的东西记下来，五碗排骨面，五碗牛肉面，三碗肥肠粉，七碗抄手，两份凉皮，今年没人点炒饭。薛凌峰点了牛肉面。我知道他喜欢牛肉,他带我下楼吃日本菜,上来一份血红生牛肉,用生鸡蛋拌开,他吃了一口,点点头。

"你也试试。"他说。

我只得夹了一块最小的,说:"好嫩。"其实那味道非常恶心,牛肉和鸡蛋的腥气久久不散,喝多少冰水也压不下去。

我写好备忘,薛凌峰突然说:"诶,我不要香菜,也不要葱。"

其实我知道。我们在北京吃过一次川菜,薛凌峰吃红烧牛肉不要香菜,家常鲫鱼不要葱,那顿饭吃得非常仓促,因为中途来了一个他的熟人,薛凌峰对他介绍说:"这是我的小学同学,姓肖。"于是人家客客气气地叫我"肖小姐"。

"知道了。"我按了叫铃,出门去等服务员。

服务员还没到,我就听到薛凌峰问:"那是谁来着?"

"肖珉珉呀!你们以前同桌那么多年你不记得了?她不是也在北京?"

"哦,可能吧,我不知道,工作实在太忙了。"

服务员还是去年那个小姑娘,大概困得不行,脸上妆容花了一大半,顶头灯光又劈头盖脸照下来,让她看来更显不耐。

"要啥子？肥肠没得了，排骨还能做三碗面。"

我拿着手机愣了一会儿，删掉那条备忘，说："按错铃了。"

的确在下雨。刚出"大时代"时还只是细细雨点，沿着河走了一会儿，路灯下我骤然看见雨中带雪，急急冲向黑暗水面。这条河上游原本有个纸厂，多少年我们都习惯了黑灰色的腥臭河水，纸厂放污水时河面堆满泡沫，就这样的河水中居然也有活物，盛夏时我陪爸爸在河边钓鱼，一个傍晚能钓起十几条二指宽的小鲫鱼。偶尔我们会遇到段雪飞，黢黑黢黑一个人，光着膀子，穿猜不出原本颜色的大裤衩，拿一个破网兜，探头探脑看我们竹篓里的鱼。

我大声喝住他："段雪飞，你又想偷鱼！"

他照例脸红："……乱说……哪个偷鱼……肖珉珉，龙虾要不要？"

他把手里的网兜递过来，里头是挤挤挨挨的龙虾，刚从河里抠出来，糊满污泥，河水里没什么吃食，龙虾比我的鲫鱼还小。

我撇撇嘴:"哪个要你的龙虾,咪咪儿大,剥半天还吃不到指甲大一块肉。"

他的脸又白下来,气呼呼把网兜收回去:"不要算球!老子拿回去让我妈炒酸菜!"

雨雪下得更密,像千万根锥心刺骨的针直直扎进身体。

对岸是露天夜宵摊,塑料顶棚下半悬闪烁白炽灯,隔着滔滔水面我也闻到酸菜炒小龙虾的浓烈味道。我本打算过桥去吃小龙虾,但那座桥真长啊,像是永远不可能抵达对岸,直到我看见不远处红红蓝蓝的巨大霓虹灯招牌:"假日影城"。

保安室就在影城门口,单独搭的一个小亭子,不知道有没有五个平方,里面倒是挤下了一张床和一张小桌,桌前极为勉强地放下一张矮凳。段雪飞穿着保安服躺在床上,盖一床起码八斤重的棉被,我拎着两饭盒酸菜炒小龙虾进去的时候,他正在听一个还能拉出天线的收音机,像是一个音乐节目,我也不知道,他到底去哪里找到的收音机。

他愣了好一会儿才意识到是我,猛地起身掀开被子,想站起来迎接我,但屋内窄到无法承受如此剧烈动作,他膝盖撞上桌腿,发出可疑声响。

"我没事我没事……是这桌子不稳当……"段雪飞急得不行,"……你……你怎么来了?"

酸菜的味道在逼仄房间里更显明确,我把饭盒打开,说:"不是你说要请我看电影。"

他又愣了一会儿,才说:"……哦……但今天没有电影了……明天,明天我请你……"

我自顾自剥起了龙虾:"你吃不吃?还是自贡的海椒辣得舒服,北京的小龙虾八块钱一个,放的都是辣椒素。"

他摇摇头:"我现在胃不好,在里面穿过一次孔。"

"里面"这个词让我不安,像有什么义务把对话引向那边:"……你在里面……这么些年……到底怎么样?"

他想了想,这才说:"开始不怎么好,后来……后来也就习惯了……十几年其实过得挺快的,你说是不是?"

并不是这样,我这十几年像刚才走过的那座桥,怎么过也过不完,但我总不能和一个一直在监狱里的人说,我过得比他还要缓慢艰难。

"没想到你会做电影院保安。"话一出口我就感到后悔,有什么必要反复提起那场大火,以及它所带来的一切:死去的电影院保安，十六年的刑期，一场大火，大火后第二天突然去自首的少年。

他倒是好像不怎么在意，不知道从哪里翻出一个纸杯，给我倒上水："……找不到别的工作……我这种人……这是我舅舅介绍的。"

我猛地想起那两张电影票："对，你舅舅在文化局。"

他眼睛亮起来："你还记得？"

"记得，他给你的《泰坦尼克号》的票。"

他有点不好意思："……其实是我自己买的。"

"买？怎么买得到，我早上七点过去都排不上。"

"七点是不行，我五点就去了。"

"……为什么？"

他笑一笑："不为什么，想请你看电影。"

酸菜浸透汁液，辣得我一下说不出话，也无法问出另一个"为什么"。十六年之后，我当然知道这是为什么。在无数次羞辱、挫败与不知所以的性交之后，我终于意识到当年那个胖墩墩的少年做的一切，不可思议地，这是为了我。

我突然想给他一点慰藉，在这冰冷的小屋冰冷的冬天里，我坐到床上，握住他的手，试图吻他干裂乌紫的嘴唇。

他吓得再一次跳起来，又再一次撞到膝盖，说："……你不用这样。"

"为什么？"

"你不用补偿我。"

"什么？"

"我没有后悔。"

"什么？"

"……真的，珉珉……我想过这件事，一开始我是后悔的，后来……也没多久，大概两三年后吧，我想明白了，我不后悔。"

"什么？"

"珉珉，你不用这样……我都知道，我不怪你，真的，我后悔的时候也没怪你……那天我溜进电影院了……我用你给我的钱，给保安买了包烟，他就放我进去了，就是烧死的那个保安，你不知道吧，他人挺好的，一个老大爷，还问我要不要吃杏子，那年的杏子特别甜……我……我就想看看你和谁一起去看电影……我记得那张票的座位，不大好，倒数第二排……我就躲在后面，看到你们了……你和薛凌峰……我看到你们电影放了一会儿，就去了放映室……我看到……看到他亲你……后来，后来就起火了……我不知道火是怎么起来的，我在监狱里问过人，那人是个化学老师，他跟我说，可能是不小心把碳精棒头和用过的油棉纱头撞到一起了……我想，可能是你们踢到了什么垃圾筐……开始我以为烧了也就烧了，第二天我才知道那个大爷死了……珉珉，我也没想那么多，我只是想，我总不能让你坐牢……"

段雪飞不认识林小云，他只认识我。他只知道那两个他五点排队买到的位子上，坐着薛凌峰和我。他只知道我是一个穿着校服、扎高高马尾的姑娘。漆黑影院中他看不清我的脸，他只知道那是他喜欢的姑娘，他愿意为之坐整整十六年牢、而且不后悔的姑娘。

收音机里一直一直放着同一支旋律，我声音沙哑，问他："你知不知道这是什么？"

"什么？"

"这个音乐，你知不知道是什么？"

"哦……刚才主持人说，什么小夜曲。"

我点点头，说："957号，舒伯特。"

"什么？谁住在957号？"

"没什么，一个外国人。"

从窗口望出去，雨已经停了，真正的雪降落下来，覆盖肮脏万物。我伸出双手，握住三十二岁的段雪飞，像隔空握住那个蹲在我家门前野花丛中的羞涩少年。

"我们出去跳支舞吧。"

"什么？"

"我说，我们出去跳舞，跟着957号上的舒伯特。"

夜迷宫

btr

btr　生活在上海的作家、译者及文化评论人。出版短篇集及超短篇集《上海胶囊》《迷走·神经》《迷你》《意思意思》等。译有保罗·奥斯特《孤独及其所创造的》及《冬日笔记》等。

音乐、幸福的状态、神话学、时间塑造的面貌、某些晨暮的时刻以及某些地点，都想对我们说些什么，或者说了些我们不该遗忘的事，或者正要向我们传达某些信息；这一即将到来、然而没有出现的启示或许正是美学的事实。

——豪尔赫·路易斯·博尔赫斯《长城与书》

0

很多目击者以为那是血。它暗红色，带着些许荧光，像液体般在路面迅速铺展开，以超越常人想象的速度蔓延，顷刻间便消失在远方透视法的灭点里。有正在等红灯的好奇路人从上街沿迈下一步，试探性地在柏油路面上踩一脚：没有任何液体溅起，没有水纹，脚底也没有沾染任何暗红色的物质；然而这带着荧光的暗红色本身是确凿的，它平滑、半透明、均匀地刷满整条柏油路面，而上街沿却精确地丝毫不沾。一些反应迅速的人掏出手机，试图拍下这奇异的场景，但一切只发生在一两秒钟内。眨眼之间，路面上的暗红色物质就极迅速地向马路中央聚拢，变成一条荧光红的粗线，而这条线在另一次眨眼间便湮没在了喧嚣的都市黄昏之中。

不知道它从哪里来，也不知它往哪里去。

3

柏油路面以下的地铁换乘通道里，潮水由人出演。他们中的大多数是出色的多任务群众演员，熟练掌握一边刷手机一边近乎无意识地以中等配速跟随人潮移动的技能；而另一些人——虽然数量较少但作为一个类别始终存在——努力扮演着逆流，他们紧贴着在通道里严格居中的隔离栏疾行，却未行于为他们安排的一侧，而是迎着人流相对较少的另一边的主流而上，像是在对隔离栏分配城市空间时的古板及不力发表无声的控诉，又像在以《了不起的盖茨比》的结尾做某种接近自我磨炼的练习，期待着未来某日可以不再跑龙套而成为某个故事的主角。

（至于换乘通道里的光线、温度、背景音乐、广告牌或地面的质地和花纹，只有极少人留意。多数人会把这些无用的琐碎信息交给潜意识掌管、存档、备份、删除，如同某个始终对着无聊路口的摄像头，仅仅在发生事故或故事时才跃上前台。)

不妨说这个故事的主角之一是冲进来的。她表演的是好莱坞电影里的经典段落：穿高跟鞋逃避怪兽。在抽象派怪兽（地铁车门即将关闭的蜂鸣声）的追逐下，她带着一种融合了坚定、决绝、冷静、果断、自信、疯狂（除冷静外，这些特质都从未在她所供职的出版社里展现）等或多或少彼此矛盾的综合特质，成功地在车门即将关闭的最后一秒冲进车厢，仅有名牌手袋的一角（按比例那一角大约卖一千块）被车门夹住，以至于她不得不稍显狼狈地用力拉了一把，才把那一千块拉进车厢。然后是一个通过即刻转换表演内容，而非镜头剪切实现的蒙太奇：像一名世界级足球前锋，她在满满当当的地铁车厢里凭空制造出空间并迅速掏出手机，那样高效而镇定，就好像她早已或始终站在那儿。

（手机让我们随时拥有一间自己的房间，弗吉尼亚·伍尔夫要是活在这个世纪大约会这样断言。手机也让我们便捷地将阿尔贝·加缪所说的现代人的两大特征——读报和通奸——浓缩在同一个电子设备中。）

她打开微信。一个个表示未读的红色小点列队般由上而下出现在屏幕左侧，那是她已然落后于时间的证明。她首先点开与托马斯的对话。4条新消息。她输入：好呀不急，快到常熟路站了，想吃啥——随后删去"啥"改成"炖汤吗"。托马斯正在输入。她的拇指上划三次，像在执行"刷新"这一巫术。托马斯的句子随即跳出来：得闲还是要炒饭，嘿嘿。她朝手机笑了笑但没有在对话框里输入什么。她回到主界面打开一个群。72条新消息。你们看新闻了吗。天。怎么了。市中心哎。A输入一条17秒的语音消息。是要当心。B输入一条56秒的语音消息。B接着输入一条19秒的语音消息。怎么能就那样放在车里啊。到处都有摄像头，不可能丢的。K输入一条17秒的语音消息。M输入一条3秒的语音消息。最后她迅速跳过这些语音消息和表情符号，打开了大家正在谈论的那篇新闻。她把新闻转发到朋友圈（这时我们看见她叫"恰拉"）并附了一个双手合十的表情符号。

（拇指让外星人困惑。长期在地球卧底搜集地球人信息的外星间谍在《地球人的交流方式》第十三章"其他"中这样描述运用拇指的交流方式，"地球人有时通过手指——主要，但不仅限于用拇指——在一块会发光的玻璃上移动，来传达讯息，甚至在他们明明已经聚在一起的时候，彼此间仍会沉默不语而偏爱运用触摸玻璃的方式交流。但目前尚无有效证据表明，地球人的这一举动是为了规避我们的信息搜集工作。")

（（关于地球上是否存在外星人的思考：如果地球上的确存在外星人，如果外星人的确拥有更高级的文明且有足够能力通过伪装自身而不被地球人发现，那么他们必然会将自己伪装得和地球人一样——反过来看，一个普通的地球人因此始终有可能是经过伪装的外星人，甚至，为了使这种伪装更彻底、有效，外星人将剔除对于自身是外星人的意识或设定这一自我意识在某种特定条件下才能被激活。））

地铁把小恰吐出来，托马斯的公寓又把她吞进去，就好像城市里的空间互有默契。她伸出拇指放在门锁感应器上，短促密集的提示声可以翻译为拒绝——或者拇指有点湿。恰拉把指尖擦干，再次向躲在门锁里的机器之神出示她随身携带的迷宫。这一次门开了。恰拉有时觉得，走进这间公寓就等于走进她的指纹所绘出的迷宫，一座她自身情感的迷宫。每周二晚上，小恰几乎都与托马斯在这里幽会，那几小时的欢愉与其说通向任何未来，不如说是在迷宫内的欢愉——但小恰反而觉得这样的关系恰好：她从不过问托马斯的工作或家庭生活，也从不要求更多；她认为维系两人亲密关系的唯一秘密是管理其反面，始终保持某种距离感，无论在物理上、心理上还是时间上——她将这种关系戏称为"同城异地恋"。而托马斯喜欢的，或许正是小恰身上这种表现为轻盈的分寸感，在过分逼仄的当代生活中，它赋予彼此余地。于是，他俩的关系不是始终需要绷紧神经的男女对唱，而是一首只需随性哼唱的小夜曲。

（恰拉的一个梦：左转。直行。右转再右转。A 望着 B 奔跑的背影，嘴角露出一丝微笑。A 对这个迷宫了如指掌，她知道 B 正在跑进一条死路。左转。直行。右转再右转。A 跟随 B 逼近那条死路。她看见 B 轻盈地爬上迷宫的石墙，消失在了墙的另一侧。她觉得在某种程度上，这真是长久以来两人关系的某种隐喻。）

小恰打开微信。各个群组和联络人重新排定顺序，就好像他们正参加一场永无止境的 F1 排位赛，每说一句话就可以使他们重新领先，而沉默，意味着向屏幕底部的沉没，乃至被湮没。拇指上划，小恰把托马斯从湮没的人海中打捞上来。我到了。她在输入框里简洁地写道。等了几秒，微信没有显示"正在输入"。她回到主界面，打开先前的群。121 条新消息。这次她耐心听完了所有语音消息，弄清了傍晚发生的男孩失踪事件的前因后果。随后，查看完朋友圈里的点赞和留言后，她打开点餐APP，尽管托马斯那边依旧没有动静。

（微信是恰拉观察、分析、理解他人的窗口。像一个社会学家，她喜欢观察现实生活中认识的人在微信里的表现，尤其是同一个人在不同群里的表现。社会阶层、社会关系、熟悉程度、性别分布、年龄、私聊还是群聊以至微信群的功能性等，都会使同一个人在不同环境里的表现迥然有别，而恰拉能够也乐于洞察其中的微妙之处。她喜欢同时加夫妻双方为好友，在朋友圈里观察夫妇两人对同一事件的描述和看法，就好像在读一本多视角叙事的小说。她也经常在朋友圈"云看展""云旅行"，以图像加上只言片语的描述作为想象远方的方法。有时，她甚至会从朋友贴出的一张没有任何地点讯息和文字说明的照片出发，通过搜索、猜测和推理，试图找出确凿的地点，像一名漫无目的的互联网侦探。）

（（恰拉朋友圈转发的、她最喜欢的微信公号"意思意思"里的小故事《迷宫》：明明是每天下班的惯常路线，今天不知为何怎么都找不到地铁入口。以为是地铁入口的地方，出现了一间便利店。

"你们是新开的吗？"他问便利店里的服务生。"我们一直在这儿啊。"服务生答。不像开玩笑的样子。这儿离他的办公室不过几个街区，一切却如此陌生。他觉得一定是自己走错了路。

他就是在这一刻发现空气中飘着羽毛的。轻飘飘地在眼前飞舞，像某种挥之不去的嘲笑的口吻。他漫无目的地朝另一个方向走了几步，像是要故意逃开这些飞舞的东西，但羽毛跟随着他，像冬天呵出的热气，与他同在。

事实上，羽毛正是从他不知为何破损了的羽绒服里飘散出来的——他最后意识到了这点。"只要循着这些羽毛，就可以回到办公室吧。"他默默想着并迈开了脚步。

自从忒修斯总是弄丢线团后，阿里阿德涅想出了更便捷的方法：就在他的羽绒服上烫一个洞好了，只要不是大风天。))

点好外卖后，小恰一边等着托马斯，一边打开了新书发布会的直播。这名作家最近颇为走红，社里的领导提出要求，希望恰拉能说动他把下一本书给他们社出；但小恰对此毫无热情，她觉得这个模样尚且标致的少年写的只是一些毫无营养的心灵鸡汤而已。直播镜头里的书店果然挤得满满的，作家被少女簇拥，讲述着写作那本畅销书的缘起。相较于他究竟说了些什么，小恰对他"如何说"更感兴趣。她敏锐地意识到，他几乎会在每一句句子的结尾处加上一个"对"，有时甚至是"对对对"，某种自我暗示般的肯定，但这肯定分明又透出不自信，就好像同时带着局外人的视角审视自我，表示他此前说出的话语并非真实出自内心，而是带着对所谓标准答案的算计。

（恰拉发明的心灵鸡汤鉴别法：试着调换句子里的前后组成成分，如果新句子"好像也对"，那么它就一定是心灵鸡汤。比如，"喜欢才会放肆，而爱就是克制。"调换后："喜欢才会克制，而爱就是放肆。"好像也对。又比如，"选择不是承受，是承担。"调换后，"选择不是承担，是承受。"好像也对。）

打开外卖APP，看着代表骑士的蓝色小圆点在城市街道上穿梭移动，一步步朝自己驶来——这是恰拉的特别爱好之一。APP上标出了从餐厅到公寓的两条线路选择，骑士选择了后者。"距您1510米"：确凿的数字给人一种送餐会变得更快的幻觉，然而事实是下单足足半小时后，外卖不但仍在1.5公里开外，骑士的蓝色小圆点也不知为何变得一动不动了。她转而打开微信，托马斯还是没有动静：像一艘船沉入屏底。

在这一刻，当代生活的两大迷思如同放大的黑体字，同时出现在恰拉面前：外卖为什么还不来？以及，他为什么还不回微信？两个问题交替出现在恰拉的思考前台，就好像此时此刻，她正身处一个回字形的迷宫中，一次又一次不断回到原处，而每一次回到原处都加强了迷思的魔性。心中仍在不断增长的可能性清单渐渐已不再能消解无法揭开迷思的无力感，而让位于一种存在主义式的抽象而虚无的等待。仿佛外卖与托马斯不约而同地密谋成为了戈多。

2

就这样，我来到夜迷宫的中央。

"虽然他把海陆的道路堵死，天空还有路。"[1] 迷宫中央大厅的墙上以中文、英文和希腊文贴着希腊知名工匠代达罗斯的名言。《夜迷宫》X 个展开幕式即将开始，观众正从迷宫

---

[1] 语出奥维德《变形记》（杨周翰译，人民文学出版社，1984 年 5 月第一版）

各处逐渐聚来。

这是艺术家 X 两年内的第二个大展。一年前,他在城中一处地下空间举办了自己的首个个展《防空洞》(A Void),收获了国内外艺术评论界的众多赞誉之声。他以声音、光影、音乐、表演和风填充黑暗而空荡的展厅,用沉浸式的环境挑动观者的感受力。"展览拒绝过分直白的符号化元素而更接近诗,在愈来愈被资本和市场操控的中国当代艺术界仿佛一股清风,也像一个谜。"其中一篇展评这样写道。

与《防空洞》标题里的双关(它既是名词,一个"空洞"(A Void),也带有动词"防止"(Avoid)空洞的意思)类似,《夜迷宫》(A Maze)同样既是"一个迷宫"(A Maze),又"令人惊奇"(Amaze)。把展览开幕式放在迷宫中央(展品的内部)举行,的确颇为令人惊奇。又或者——我觉得这更有可能——暗示着开幕式本身也是夜迷宫的组成部分:它不单是由叙事组成的迷宫,而且还包括了一个特定仪式,甚至一场表演?这时我隐约有了一种预感:此刻的场景里已经包含了某种经过设计,甚至表演的成分,而就算接下来真的有开幕式讲话之类的环节,艺术家也断然不会解释我心里冒出的种种疑问。毕竟,这是一个对于"诠释"非常小心谨慎的艺家：他极少接受采访，即使在访谈中也很少解释说明自己的创作动机；相反地，他更善于制造问题甚至把一切弄得更复杂，让观众自己去感受和思考。我想起《防空洞》的展览前言：只是一张元素周期表——除此之外，什么也没有。

我环顾四周，发现了几个先前忽略的细节。其一是中央大厅面积非常大，参与今晚预览的观众应该是有意被引导到这儿的；第二，这个中央大厅只有一个出入口，即所有观众正在进入的那个口，这意味着对一个供人穿越的迷宫而言，这个大厅只可能属于歧路的一部分——你需要原路返回，在先前你以为是歧路的某处寻找真正的通路；第三，大厅一角的侍酒台上提供的是西班牙北部巴斯克地区的一款红酒，El Nómada（意为"游牧民族"），其酒标上画的正是一个迷宫。

就在观众的视线开始搜寻 X 的踪迹时，灯光暗下来。一束追光灯揭晓谜底：那位贴着八字胡的侍酒师就是 X。他笃定地撕下伪装的胡子，接过主持人递来的话筒。X 的发言果然非常简短。礼貌性地致辞后，他简略谈论了迷宫，"从前，迷宫常用来讲述对原始人类群体流徙生活的回忆。工业革命后，人类开始崇拜直线和透明、秩序和理性，迷宫逐渐不再流行。然而，一个新的迷宫时代正卷土重来，就想一想我们城市的地铁线路图或者互联网的逻辑好了，就想一想足球为什么比短跑更受欢迎，就想一想 21 世纪流行的战争模式——恐怖主义袭击好了，"X 停顿了一下，喝下一口迷宫酒后继续，"我一直着迷于故事本身的迷宫特质，所以我相信这个在艺术空间里的迷宫能够揭示叙事的这一面向，从而赋予观众、也可以说是读者们某种对于迷宫的身体记忆。"

到了观众提问环节。"开幕式结束后我们要原路返回吗？这个迷宫真的有出口吗？"第一名观众的提问引来一片哄笑。"当然有出口，"X 加重了"出口"两个字的语调，"要走到出口，才能拿到奖品噢。"他一边笑，一边指了指墙上代达罗斯的那句话，"攻略就是这个。"

"虽然他把海陆的道路堵死，天空还有路。"我把这句话又读了两遍后仿佛意识到了什么。我想起在香港九龙圆方商场里的一件雕塑：拼图板的某些图块被细绳悬起在空中不同高度，若从上空的俯视视角看，这仍是一块完整的拼图，但在考虑了高度这个新维度后，拼图就变得不再完整了。迷宫，仿佛是拼图的另一侧面：海陆的道路堵死，地面的二维空间无路可走时，一个新的维度便有可能是出路——在代达罗斯的世界里,这个新维度是天空;在 X 的夜迷宫里,我想应该有另外一层。在迷宫的某处,应该藏着一台电梯或一段楼梯,把我们引向别处。

第二个观众的提问要求 X 谈一谈这个展览与《防空洞》之间的关系,以及"为什么这一次那么复杂,而上一次那样极简?""我想这个也是防空洞,而上一回的,也是迷宫,"X 答道,随后他讲起一个故事,"博尔赫斯曾经写过一个故事[1],我想恰好可以回答这个问题:话说从前有个巴比伦国王,他召集手下最聪明能干的建筑师造了一个复杂精巧的迷宫,就连最精明的人也不敢进入,因为一旦进去就再也找不到出路。后来一位阿拉伯国王来拜见,巴比伦国王为了嘲弄他把他骗进迷宫,结果阿拉伯国王晕头转向,到天黑也没寻到出路,他祈求上苍,才找到出口。然而他没有埋怨,而是邀请巴比伦国王有朝一日参观他的迷宫。回到阿拉伯后,他集结军队进攻巴比伦,将国王俘获。他用骆驼把巴比伦国王运到沙漠中央,给他看自己的迷宫。这儿'没有梯级要爬,没有门可开,没有累人的长廊,也没有堵住路的城垣',但巴

---

[1] 故事见《阿莱夫》之《两位国王和两个迷宫》(王永年译,上海译文出版社,2015 年 6 月第一版)

伦国王最终饥渴而死。"

最后一个问题关于策展。X说这两个展览都没有策展人,是因为"它们都是一整个作品,更接近某种整体艺术";但"我也设想过以迷宫作为某种策展逻辑"。他随后继续道,"让我们设想一位艺术家的回顾展。画廊被设计成一个巨大的迷宫:观众从入口处进入,唯有穿越迷宫才能到达出口。但观众如果很有效率地穿越迷宫,便会错过相当一部分展品——事实上,很多展品都被安放在歧路上。迷宫的中心,是这位艺术家巅峰期最负盛名的大作;而早期和晚期作品分别被安排在入口及出口处。整个布展方式都暗示着主题或风格的延续性;但同时,又和迷宫一样带着欺骗性:有几幅看似与中心的名作颇为接近的作品,就内核而言,其实相去甚远。"X笑称自己的作品还不够多,只能等以后真的做策展人时再来一试。

并非所有人都急于走出迷宫,尤其当他们预先知晓这座迷宫一定能走出的时候。一些人继续在中央大厅里喝着迷宫酒,彼此扫着二维码互加微信。二维码不也像一种迷宫吗?那些神秘的黑与白背后的0和1要把我们带向哪里?另一些人则已满怀兴致地退回到方才的歧路中,开始寻找那条秘密通路。

答案并不复杂：有一台电梯藏在最后那间"当代生活的两大迷思"的回字廊中。只是，要每隔十来分钟，回字形的迷宫隔板才会如同车窗玻璃自动摇到地面以下，露出隐藏其中的电梯；而迷宫的出口和故事的另一半，将在另一层展开。

3

骑士对这一区域的街道了如指掌。比如这条可以从长乐路穿到富民路的弄堂，地图上根本未作任何标示；甚至，这条捷径也并不始终存在——因为长乐路的小区铁门只有在上下班高峰的各两小时内才打开，其余时候则需要刷磁卡开门。假如把城市街道和巷弄想象成一个巨大的迷宫，那么时间就是它的第四维。死巷可以变成通路，全看时机的拿捏。骑士谙熟这些秘密——至少在他工作的这一区域，这些诀窍是他脑海中的默认设置。所以，在长乐路的餐厅取餐后，他几乎不假思索就拐入那条捷径，却没想到在富民路的出口处，一位警察将他拦下。

（骑士：欧洲中世纪封建主阶级中的最低阶层，领有土地，为大封建主服骑兵军役，后来转变为对骑摩托车人的戏称，现在主要泛指送餐的外卖员。堂吉诃德如果生在这个时代，还会幻想自己是骑士吗？或者，未来会有一个物流风投项目取名为"堂吉诃德"吗？）

警察报出骑士的名字并要求他"回所里配合调查一些情况"——这是他从未经历过的。"穿个弄堂难道还违法"的反问表情，迅速被不由自主袭来的拘谨和忐忑所取代。如同意外卷入某个巨大的机器，他表现出连自己都惊讶的顺从。他甚至没来得及问出一句"究竟发生了什么"就稀里糊涂地到了派出所。那儿距离托马斯的公寓1510米。

落马骑士朱鹏飞看着监控录像中的自己：图像有点模糊，但动作、举止、当天下午穿的蓝色雨披都确凿无疑地证明那的确就是他。警察按下暂停键时，他不知为何竟然有点心虚，尽管画面中，他不过是骑着送餐助动车驶出一条弄堂而已。那是你吗？你去那儿做什么？为什么在弄堂里待了那么久？你雨披下藏着什么东西？你确认那只是一条毯子吗？你老实说。

朱鹏飞事后与工友打趣说自己一定没有违法犯罪的天赋，那需要强大的心理素质和短时间里灵活编造合理故事的能力。而当时他能做的——也幸好如此——只是说出事实：那的确是他。他经常在这一带送餐，知道那是一条死弄堂。他去弄堂里解决内急。他看见旁侧垃圾堆里有人扔掉一条毯子就顺手带走了。对，那只是一条卷起来的毯子。

但显然：不只是一条毯子而已。警方不会为了一条毯子小题大做。警察在找什么呢？一个孩子。一个两岁半的男孩在弄堂里离奇失踪。"就在刚刚"。

（孩子。离奇。刚刚。一个新闻同时点中三个十万加穴位，又恰好在上下班高峰的传播黄金节点，几何级数的扩散速度是注定的。

图像推波助澜：新闻照，孩子的父亲扶着额头瘫坐在警察局；资料照，孩子穿着超人制服在公园里纯真地笑；模糊的监控录像截屏，穿着蓝色雨披的快递员车上有一团鼓鼓囊囊的东西，那团东西被放大到显露出像素马赛克的程度，再由一个亮黄色椭圆形醒目地圈出。"神秘男子带走孩子"被设置成红色粗体和最大字号，挑动着读者贲张的血脉。

留言区里众声喧哗：有人做出合乎逻辑的推测，既然监控摄像头显示在那40分钟里进出这条死弄堂的只有四五个人，那么会不会是弄堂里的人抱走了孩子；有人为孩子祈福，双手合十的表情符号一次用了五个；有人批评家长监护不力，不该把孩子单独留在车里，哪怕那位父亲声称孩子当时睡得正熟；有人将这块注意力指数飙升的公告板挪作私用，寻找她一天前失踪的外婆；有人用阴谋论讲述着一个更宏大的故事，把现实世界未知的空白地带设想成由难解的巧合和隐蔽的动机构成的陷阱；还有一间印务所声称不如迅速行动起来，决定马上印制200份寻人启事张贴在邻近街区，但又有人指责他们其实在借机做广告，认为手机上的传播已足够起到寻人启事的功用。）

朱鹏飞在派出所里待了将近一个钟头后才被释放。他终于明白了自己声称"那只是一条毯子"并不能让人摆脱嫌疑，但孩子的出现可以。一小时后，警察接到电话，孩子找到了。一度有名有姓的朱鹏飞，于是又变回了无名无姓的骑士。

（在浙江嘉兴南湖区的梅花洲景区里，正与男友一同短途旅行的上海游客小凌感觉衣服下摆被谁拉了一下。她回头，发现一个小男孩站在她跟前。两岁左右，不停朝她叫着"妈妈、妈妈"。她朝前走，男孩竟也跟过去，不愿离开，场景一度显得颇为尴尬。小凌只好把他带到景区派出所，但并没有孩子走失的报告，男孩身上也没有身份证件。

男孩在派出所待了两个小时，始终没有人来认领。见天色已晚，派出所民警决定先把男孩送去景区旁的嘉兴养老院暂住。）

骑士朱鹏飞的手机上有十七个未接来电和上百条未读消息；恰拉的外卖，在助动车后备箱里已凝结成一团雕塑般的胶冻。然而他暂时还不想踏上断点续接的送餐之路，他需要抽一根烟安一下神，更需要在手机里迅速搜索一番，搞清楚究竟发生了什么。

（离奇失踪的孩子找到了，"神秘男子"也证明了自己的清白之身，做回无名骑士。然而故事常常在看似要结束的时候才真正开始。故事渴望被重新讲述。）

（（一个脑筋急转弯的版本：傍晚五点半，郑先生走进派出所报案，他两岁的孩子在桑塔纳后座离奇失踪。当时他把车停在一条弄堂里，看孩子睡得正香，就没有叫醒他。他把车窗留出一条缝后去旁边办事。约40分钟后返回时，发现孩子不见了。而同日下午三点，上海游客小凌在嘉兴南湖梅花洲景区内发现了该名走失儿童，并将其送往景区派出所。请问，孩子为什么在失踪之前就已经被找到了？））

(((一个官方版本("情况通报"):上海警方迅速处置一起"儿童失踪案"——2018年2月13日傍晚5点20分,徐汇公安分局接到郑某(江西上饶人,在沪从事服装批发生意)报警,儿子郑某某(2015年12月出生,身高约80厘米,事发时身穿蓝色毛衣、黑色长裤及白色球鞋)在上海市徐汇区延庆路51弄内停放的桑塔纳轿车内失踪。警方随即调取附近视频监控录像,发现在男孩父亲离开的40分钟内,共有5人进出弄堂,并迅速锁定可疑男子朱某(浙江乐清人,在沪从事餐饮快递工作),但经详细调查、取证及问询后,警方排除了朱某的作案嫌疑。7点40分,徐汇警方接到浙江省嘉兴市南湖区梅花洲景区派出所通报,经核对确认,郑姓男孩系当日下午3点在该景区走失。

失踪及报警时间的差异引起警方的怀疑,专案组随即进一步展开调查工作。警方调取郑某驾驶车辆的相关记录后发现,该车辆于下午2时许曾前往嘉兴梅花洲景区,而郑某在报警时对此毫无提及。面对警方出示的种种证据,孩子的父亲终于交代了实情。据郑某交代,自己以开小服装店为生,除两岁半的儿子外另有一女在读大学,由于倍感生活压力,孩子生下后又一直由祖父母照顾,与自己感情不深,遂起了遗弃念头。当日下午，郑某瞒着家人，将儿子遗弃在嘉兴梅花洲景区的一座小公园内，后驾车离开。当天傍晚，郑某在徐汇区一处服装批发市场进货后向徐汇警方报案，谎称孩子失踪。

目前，当事人因谎报警情被处行政拘留十天。对于郑某是否涉及遗弃等违法犯罪行为，警方将进行进一步调查。)))

此刻，天已经彻底黑了，暗黄色的路灯填充着街道，仿佛要以明与暗的二分法重新划定私人空间与公共空间的界限，但钢琴声和咖啡的味道却不受规训与框限，从邻近的窗口跌出来，激活偶然路过的人们处于待机状态的感官。马路对面，一大群麻雀发出嘈杂的交响，又倏然同时跃起，轻盈地藏进洋房楼顶及树梢之间。爆米花大功告成时的震裂声在不远处凭空而起，白色的烟雾升起在夜的罅隙里，又变得稀疏，变得飘忽，直至归于虚无。黑色流浪猫在马路中央划出一道视觉残留之影。夜跑的少年看着自己的影子时而变得短而浓，时而拉得长而淡。朱鹏飞吐出一串烟圈，一套由小到大排列的 O。他几乎第一次这样仔细观察这条每天经过的街道；也几乎是第一次，他意识到街道也可以不只是用来经过。

在这样的夜色里，警车的出现是突兀的。红蓝相间的旋转顶灯像在扩散声音的波纹，敛取路人的注意力。车行到派出所门口停下，警报声戛然而止，空留旋转灯依旧搅动着夜的空气。走下一个中年男人，戴着手铐，神情倒是镇定而平静，甚至带着几分释然。朱鹏飞觉得这人有点脸熟，却怎么也想不起他究竟是谁。

1

恰拉直到午夜零点才收到托马斯的微信消息："或许我们应该明晚见，如果你也这么想。"如火箭发射般精准的时间设置、"或许""应该"和"也"那样的微妙措辞与句末出现的他通常忽略的句号都暗示着这条消息及其此前数小时的沉默皆可被视为经过深思熟虑的、有意安排的结果，或至少包含了一定程度的犹豫、挣扎或（和）试探。而此刻的恰拉，不仅仅因为那份始终未到、最后不得不取消的外卖所造成的生理上的饥饿感，也被一种复杂的、浪潮般扑来、又似乎同时向着两种相反方向撕扯的情绪——恼怒在其中倒只占极少的比例，主要是她一段时间以来养成、依赖并确信的"亲密关系观"在这一刻似乎就要输给一种疑似爱的不管不顾的冲动，以及，她同时意识到了那种冲动巨大的诱惑力、其中的不理性和尽管如此仍愿意赌博式尝试一番的内心呼声——所裹挟、冲击和浸淫，以至于回复任何文字或表情或不回复都无法准确表达她这一刻的感受。她觉得自己需要一个可以把上述一切情绪纳入其中的特制的表情符号。

X临睡前在朋友圈里发了九张阿根廷火地岛上的小城乌斯怀亚的照片，这些照片是他用谷歌地图的360度街景功能拍摄——或者更准确地说，截屏——而来的，照片之间的地貌与建筑物所展现出的交叉引用式的互文使这组九宫格照片显得自然而真实，照片下的地址信息显示为"Tierra del Fuego，Argentina"。虽是午夜，但仅仅三分钟后，这组照片下就有了12条留言（"瞬移啊！""这是哪儿？""太美了！""世界尽头和冷酷仙境。"如此种种）和25个赞。X一眼就发现了其中一个点赞的ID"朱鹏飞"非常眼熟：那不就是他"夜迷宫"展览里那位骑士的名字吗？这么一思考之后X又觉得好笑，因为事实恰恰可能是反过来的：那位骑士被有意识（或在X的潜意识的神秘运作下）被命名为朱鹏飞，不正是因为自己的朋友圈里早就存在了那样一个名字吗？X

快速翻阅了一下与这位朱鹏飞先生的聊天记录，除了新年前后的群发祝福外并无任何交集，就好像这还是一个可以供人肆意填补想象的名字。

文学杂志编辑沈大成始终没有收到 btr 的小说，她暂时尚未拥有那样一种豁达或狡猾，能把作者迟迟不交约稿视为打破她作为编辑一向准时靠谱的刻板印象的契机。在床上辗转难眠的她，最后一次徒劳地刷新邮件 APP 后，最后一次打开朋友圈，她发现沉寂多日的 btr 终于有了动静。他发了一条 10 秒长的短视频——看起来像是某个艺术展开幕的场景，开头的特写镜头聚焦于艺术家手中拿着的酒瓶上的迷宫形酒标，随后镜头后退，先后露出艺术家的上半身、全身，乃至开幕会场的全景，就好像他在一条不断远去的滑轨上拍摄似的；随后，更出人意料地，镜头继续后退，先前的场景出现在了 btr 书桌上的 Macbook 直播窗口里；紧接着，电脑也迅速变得愈来愈小，成为他书房里并不显眼的一个矩形。沈大成当然不想错过这从天而降的催稿良机，她相信用一个婉转的留言来提示自己的存在就足够了——"目光还可以退得更远，露出拍摄这一切的手机。"她这样写道。随后，好像害怕会没有回应，又好像害怕会有回应，她迅速放下手机，关掉台灯,投入梦境之中。

她第二天早上才看见 btr 隔了几十秒就回复的留言:"现在我知道小说应该怎么开头了。"

你或植物

黄昱宁

黄昱宁 作家，翻译家，著有小说集《八部半》、随笔评论集《一个人的城堡》《梦见舒伯特的狗》《阴性阅读，阳性写作》《假作真时》等。2019年获宝珀·理想国文学奖首奖。

一

桌子和桌子之间，最多能挤过一个收腹吸气的侧着身的瘦子。瘦子就算过去，飞起来的衣角也可能被木桌角毛糙的边缘勾出丝，这一勾会毁掉一个旅行者所有的好心情。姚烨不是瘦子，她只能在心里比划一下，没动。

即便瘦成像钱素梅那样，也过不去。如果她还活着。

已经有半年，这名字没有出现在姚烨眼角的余光里，没有打着哆嗦悬在她视野的盲区边缘。然而它到底还是跳了出来，在另一种情境，甚至，另一个国家。

蓝白门面的牡蛎吧排在那本翻译得磕磕巴巴的旅行指南的"美食"部分的第一位。姚烨至少在门口等位的队伍里看到七八个中国人，其中有三个手里捏着那本书在查门牌号。姚烨的书在包里。新买的法国水桶包就是好用，这一叠厚厚的全彩铜版纸塞进去也不会鼓起来。几乎是另一个姚烨从她身体里抽离出去，飘在空中想，关于"水桶包为什么好用"的问题，要记下来，回头在代购店铺的页面上做个专题。

但这一个姚烨，或者说姚烨的躯壳还木在牡蛎吧的木框玻璃门前，任凭胖胖的东欧口音女招待把她推推搡搡。最后她几乎是一个跟斗翻进门去,被肥厚的手掌按在墙角的座位上。事后回忆起来,她可能会隐约想起,某个面孔,某种表情,隐藏在排队的人流里,在她视线里撞来撞去。这撞击使她不安,但那面孔和表情并不是她熟悉的,她没法用直觉抓住它。

一锤定音的是女招待。还没等姚烨坐定,她就把一对男女引过来,大概觉得都是中国人可以合并同类项。转身时,那女招待用滚圆的屁股把他们的那张桌子往姚烨这边又推了一截。于是桌子与桌子的缝隙愈发狭窄。那男的在姚烨的斜对面坐定,他的脸由远及近、由高及低,如一块磁石,慢慢地然而坚决地,把姚烨细碎如铁屑的不安,都收拢过来,固定成一个奇怪的形状。

钱素梅的名字,也是这样,从一团阴影中,被吸到了这个黄昏的表面。现在姚烨可以确定,她刚才不是在胡思乱想。一切都跟这男人的脸有关。在排队的时候,她应该已经看到了这张脸。只不过,她的记忆一直在把他挡开。

男人似乎并没有认出姚烨。目光偶尔扫过她的时候,他没有慌慌张张地避开。也难怪,他们只是见过一面,还是在两年前。男人的兴趣,全在对面的女人身上。女人甩一甩长波浪，姚烨便觉得有看不见的皮屑顺着夕阳的光柱爬过来，弄得她光溜溜的脖子一阵发痒。来法国前一天，她跑到发廊里叫人剪到耳根。当时她是有把握的：想剪的，都已经剪掉了。

旅行指南上给这个牡蛎吧配的外景是看得见铁塔的塞纳河，但姚烨使劲往窗外看，既没有河，也没有塔。巴黎到处都是这样名声显赫、空间狭窄的小饭馆，门外永远有人排队，女招待的脸色总是很难看。屋子实在太小，大半个厨房都摊在食客眼前。有个留着花白的连鬓胡子的老头在撬牡蛎，手势利落轻巧得像是开汽水瓶。他没有戴那种夸张的高帽子，反倒是扣着一顶略微嫌小的贝雷帽。

"他像是那种……科西嘉人？"女人的睫毛一闪一闪，轻快地给她的旅行加上传奇色彩。

"可能的。他看起来，有故事。"男人温和地笑，伸出手把女人的手裹在掌心。

钱素梅弓背弯腰的影子从他们交叉的指缝里飘过。

三个银盘子，一个比一个大，垒在架子上端过来。海水的腥，附着在其他更容易描述的气味上，变成腥甜或者腥咸，先于牡蛎的形象，占据了三个人的两张桌子。姚烨甚至都谈不上喜欢这种食物，口腔里充满混着细微砂砾的海水并不怎么愉快。而且那种亮闪闪的小叉子不如筷子好使，总是没法把所有的肉从壳上拎起来，每只壳上都会留下指甲盖大小的一块，这会让她有点不舒服。但是，牡蛎是生活方式，牡蛎是法国，牡蛎是旅游指南上需要征服的第一个项目。姚烨没有理由绕过它。

"我们……不是一起的。"女人尴尬地跟已经侧转身向下一桌进发的女招待说英语，一只手指着盘子比划。姚烨清楚地听到女招待鼻子里发出的声音，带着响亮的共鸣。然后女招待说了一通法语，姚烨不知道她的愤怒是冲着顾客还是厨房。最后，她直接抽掉架子第二格上那个中等大小的盘子，重重地撂在姚烨这边的桌上，随即双手一摊，表示跟你们两清了。

不用数，姚烨也知道，盘子里不多不少正好一打。仍然搁在架子上的小盘子和大盘子，加起来是一打半。以姚烨的胃口，一打实在有点多，但这家店不卖半打。巴黎有名气的牡蛎吧都不卖半打。这就是一个人旅行最大的问题，没有人跟你拼凑一份合理的食谱，没有人替你托底。

女人把一篮子烤面包和一碟橄榄油推到姚烨的桌上，

舌头绕了一圈才从英文转成中文。

"They…他们，呃，也别跟他们啰嗦啦。咱们就自助吧，OK？不够了我再问他们要。"

姚烨拿起两片面包放在自己的盘子上，然后一口面包一口牡蛎一口白葡萄酒。顺序纹丝不乱。就像以前在医院里培训输液，三瓶药水上用记号笔标好顺序。钱素梅面无表情地问她，"你说说，如果倒过来，一号瓶和三号瓶接着打会怎样？"

"呃……会死吗？"

"一般不会。但是如果死了，那就是你的问题。懂吗？"

"懂。"

男人的目光一直追着女人的身影消失在通往洗手间的走廊尽头。然后脑袋朝着跟姚烨相反的方向歪一歪，嘴里徐徐吐出几个字："真巧。我会找你。"

这场面就像两个蹩脚的特工在喜剧电影里接头。姚烨一个冲动冒上来，想大声说你原来没有失忆啊。她到底还是忍住了，默默地朝着窗外点点头。

夜的第一层黑压在窗玻璃上。钱素梅的眼睛，那双总是瞪得很大，大得仿佛要突破脸部轮廓的眼睛，被裹在这团黑暗里，泛着油亮的可疑的光泽。

十八个小时之后，在姚烨住的酒店对面的露天咖啡座里，男人把名片递过来。

"康先生，"姚烨说，"您的名字我早就知道了。"

"从新闻上知道的？"男人的苦笑折叠在他那看起来富有教养的鱼尾纹里，"那上面，我叫康某。"

道貌岸然的康某。你把女儿还给我。

"那也不能算是什么正经新闻吧？钱妈妈有点想不开，她在网上说话过头一点，这也不难理解。"

"我理解。我也理解她跑到我的办公室，在我对面坐了一个月。你知道我们这种工作，本来是用不着坐班的。为了不让她闹出事情来，我那段时间天天准时打卡。"

康啸宇在名片上的头衔是《新文学》杂志的编辑室主任。

"钱妈妈不会闹事的。她连话都不怎么说。"

"这倒是。不闹，所以警察也不管。她就瞪着眼睛看我，看谁给我寄稿子，看我怎么接作者的电话。有两回还替我们办公室种的蟹爪兰浇了水。你知道那玩意儿不爱水。活活浇死了。"

钱素梅呢，是不是也不该给她浇水？她的手伸过来，被消毒药水泡得粉白的皮肤纹路有点刺眼。姚烨说你太干了应该用点护手霜我拿给你。在平时，钱素梅一定会冷冷地摆摆手说算了。可是那天，她笑，露出半截灰黄的牙齿。她说好的我要用你最贵的那种，抹一把两美元的那种。说这话的时候姚烨就应该警觉了。也许有时候，人就跟蟹爪兰一样，应该保持那种干枯而强韧的状态，不要给她任何液体。

"你老婆呢？"姚烨放下浓缩咖啡，问康啸宇，"你们文化人流行分开旅游？"

"一大早她就赶火车去了马赛。怎么说呢，这其实不能算是旅游。她是出差，我属于，顺便请个假，陪着玩一趟的那种。马赛是纯公务，她觉得我没必要跟着，过两天我直接去尼斯跟她会合。这是我们的相处方式。"

"你真体贴。她也是。"姚烨努力让"体贴"两个字的拖腔不那么明显。

康啸宇戴着墨镜，单侧眉毛挑上去又落下来，身体略微前倾又颓然后仰，压在金属椅背上。正午的阳光照过来，正好劈在他鼻梁上，于是身体一半亮一半暗。巴黎的饭馆和咖啡座似乎反倒不及上海的讲究，姚烨稍微用点力，就能感觉到椅子在高低不平的地面上摇晃。

"她那个人,细心得很。你昨天先走,她跟我说,这姑娘,看起来有心事。"

"我只是吃得太撑了。我倒是觉得你比她更细心,能找到我住的地方。"

"压在盘子底下的酒店名片……不用太细心,也能发现。"

"你完全可以装做看不见的,就像两年前。"

"两年前,"康啸宇的嘴角抽搐了一下,"我并没有装做看不见。你别忘了,殡仪馆外面,我跟你一样,都是给家属挡在门外的。"

姚烨当然没有忘记。她跟康啸宇,统共就只见过这么一次。"姑娘,你是好人,"她记得钱家舅舅对她说,"就是不合适进来——懂吗——真的不合适。"一转身,钱家舅舅一巴掌挡开康啸宇,就像川戏里的变脸一样充满弹性:"你,滚!"

姚烨想跟钱家舅舅说,我们不是一伙的,我们是两回事。可她终究没有说出口。人家对你再客气,对康啸宇再不客气,也并没有本质的区别。无论如何,你跟康啸宇被他们归在同一类里。对于钱素梅的死,你们都负有责任。

"对不起，这事我不该提，"康啸宇的嗓子突然变得尖而干，"医院里还那么忙？"

"我不在医院里干了。"

"什么……怎么会？"

"两年前辞的职。我没法输液。看到针往静脉里戳就发抖。从那件事以后就落下了这毛病。"

"哦……"迟疑良久，康啸宇才徐徐叹出一口气来，"可以理解。我应该想到会这样。"

"也不能算是一件坏事吧。我现在跟朋友合伙开网店，时装百货，母婴产品，什么都卖。医疗圈的那点知识和人脉倒是用得着。忙也是忙的,好歹心里轻松。生意不算很好做，但至少，够我一年出来度个假什么的。困在医院里的时候，你不会知道外面的世界有多大。"

"我知道。我是说，我知道困在医院里工作，大概是什么感觉。"

"哦？"

康啸宇清清嗓子，调整呼吸，好像悄悄按了遥控器，自己给自己换了个频道。

"看不见的气泡，速冻在管子与管子的缝隙。坚硬的，明亮的气泡,等待一个漫长的冬夜,来了又走,等待冰胀裂滴瓶的瞬间,等待你,或是一株植物,被春天唤醒,等待你,或是一株植物,听见碎冰互相撞击的那种,叮当声。"

"什么?"

"诗。"

"谁写的?"

"钱素梅。"

三

其实钱素梅很好用,这话是重症监护室的护士长说的。

"别理会刘主任怎么挖苦她,也别以为她两眼发直的时候就没在听。关照她的话根本不用说第二遍,她会一板一眼地做,一个步骤都不会跳过。八号床那位发哮喘的,一口气上不来玩命拔管子,连家属都拦不住。只有她对付得了。"

"不过,"护士长突然压低声音,右手一把搂住姚烨,"咱们有一句说一句,她太木。当护士的不能这么木。跟主任打交道要小心,跟家属打交道那就更是个学问了。话不能说亏也不能说满,不能太轻也不能太重。她嘛,千言万语堵在喉咙口，自己悄悄做了多少事，一件也讲不出来。只能把一张没表情的冷脸搁在那里，你说说看，如果你是家属，看到这张脸丧不丧气？不投诉她，投诉谁？"

所有跑到医务科投诉钱素梅的，最后都要拉上一个罪名：冷漠，麻木，感受不到病人和家属的痛苦。每回有人过世，最后跑过来收拾床铺，把这一页清零的，十有八九是这张冷漠的脸。这差不多成了重症监护室的规矩。要是这一天老撞上她，有经验的家属会跟新来的家属说，你最好去烧炷香。

"为什么'死神来了'这种戏，他们老是要你去演？"姚烨刚来医院上班的时候，咕哝过一句。

钱素梅揉揉鼻子，照例答非所问："你知不知道，人死了，烧成灰了，微粒子还在？"

到处都是微粒子。你看不见，摸不着，但那些从肉体抽离出来，悬浮在空气里的微粒，是多少倍浓度的消毒药水都杀不灭的。钱素梅问姚烨信不信，姚烨摇头，点头，再摇头。

"你猜，"钱素梅的眼神开始游离起来，"这张床，上礼拜走掉一个喝酒喝死的老板，这礼拜是个在六楼擦玻璃窗摔到内脏破裂的农民工。你猜，他们的微粒子，会不会就在这里，正吵着架呢？"

姚烨一个激灵,只能赶快把话岔开:"我看,我们还是操心一下十一号床吧。听说已经闹上电视了。"

十一号床上躺着一个九岁男孩,两排眼睫毛垂下盖住深陷的眼窝。几乎每隔两个月,他就要被人从普通病房推到重症监护室,身边环绕着一家老小的抽泣与争执,医生的被声浪淹没的解释,甚至不知道从哪里冒出来的记者的问题。就这么推来推去也快满一年了,姚烨从来没有见过他眼睛睁开的样子。只知道他全身的肌肉都在萎缩,小腿凹陷的速度要比手臂更快。

"上班第一个月就得看护植物人,年纪还这么小。真受不了。"

"轻一点……"姚烨觉得钱素梅简直要扑上来捂她的嘴。

"他能听见,"钱素梅轻轻按一按十一号床的引流管的阀门,检查是否畅通,"他喜欢你跟他说话,尤其在那些人都跑光的时候,整个病房就只有制氧机发出那种嘶嘶的声音。但是植物就是植物,人就是人,你懂吗?'植物人'这个词,他一定不会喜欢。"

这是姚烨的记忆里,钱素梅一口气说过的最长的话。走在塞纳河左岸,姚烨觉得自己被人按在一张明信片里,只消一阵风,周围的风景便皱成一团。她想,轻轻按动引流管阀门的、有一点神经质的钱素梅,可能是她见过的,最接近诗人的时刻。

除此之外,钱素梅就只是个好用的然而"已经混到顶"的护士。"你跟她不一样,你有培养前途。咱们科就你一个是本科毕业的护士,"护士长亲热地在她耳边说,"总护士长把你交给我,最多锻炼个一年半载就想提拔的。我仔细想过,你跟钱素梅搭班正好,你跟她学技术,她跟你学说话。"

"钱姐那人,谁教得了她?"

"那么,她说不出来的意思,你就替她说嘛。"

"这世上,谁又能替谁说话?"

姚烨两手一摊,重重地叹口气。面对走在她身边的康啸宇,和他积攒了两年的一大堆问题,她突然感觉到一阵气恼。她也说不清楚,为什么规划好的路线就此作废,一个人的旅行,变成了两个人在巴黎漫无目的地闲逛,你一块我一块地企图凑出一张完整的拼图——问题是,这张名叫"钱素梅"的拼图,是她这两年来,一直在努力忘记的。

"她在信里是个话痨。一封就是十几页。手写,能看懂一半。那些信,还存在编辑部的抽屉里。我拿过一份最短的给她妈看，居然被她撕成两半。"

"为什么？"

"因为她不信这些疯疯癫癫的话是她女儿写的，她说钱素梅从小就乖，宁可自己不念书也要供弟弟上学，出事前还提前给家里寄了下半年生活费。都是我伪造的，她说，这年头谁还会写信。出这么大事她也没给亲戚朋友留下一张纸片。她拒绝承认女儿的笔迹，说她早就忘记了钱素梅的字是什么样子。总而言之，一定是我的问题。我骗了她的人，保不齐还骗了钱，临了还伪造这些他们看不懂的故事，好推卸责任。"康啸宇说得慢而坚决，听起来就像是在法庭上供认不讳。

这套词儿姚烨听着很耳熟。钱妈妈在医院里也这么讲。只不过，迫害钱素梅的人成了医院，护士长，姚烨，以及所有在暗处等着吞噬她女儿的病人。

"钱妈妈到底为什么认准是你？"

"因为出事前一天晚上，她一直在给我打电话。手机上有记录。我没接。"

"你在干吗？"

"我……"康啸宇苦笑着摇摇头，"我和我老婆在一起。

那时候还是女朋友。"

姚烨飞快地横了他一眼。这话让她暗暗松了口气。圈子兜到现在,她终于找到了自己的立场,可以在康啸宇身上贴一块渣男的便利贴,心安理得地鄙视他。

"我跟钱素梅并不像你们想象的那样……你信吗?"

"不信。"

四

巴黎圣母院正在大修。白色塑料布蒙住一侧塔身,最靠外的滴水兽的嘴从边缘伸出来,被塑料布上的反光映照得格外残破。

走到正对着滴水兽的地方,话题陷入僵局。两个人都有点累。康啸宇一眼看到有三四个人在排队,研究了一通以后冲着姚烨说:"看到那个圆柱体吗?有点像书报亭的那个。我猜是个公共厕所。我得过去一下,你要不在周围先转转?"

姚烨并没有走远。她站在一棵梧桐树底下,用手机抓拍那些在越来越强的阳光底下开心地脱掉外套、露出肥硕肩膀的女人。她眼角的余光看到康啸宇小跑着过去,一刻钟以后又快步走回来。他的头发和衣领上全挂着水珠,身后有好几个老外在朝着他的方向傻乐。

姚烨拿出了包里所有的纸巾。她刚刚才拿准对康啸宇应该采取什么态度,现在如果冒冒失失地笑出来,显然不大合适。然而,她前面越是忍得辛苦,后面就笑得越是放肆。两个人就那么一边擦一边说,你追我赶地笑,一个眼看着要打住另一个马上接过来——好像空气只要冷下一秒钟,就又会凝结成一团讨厌的迷雾。雾里结结实实地包裹着什么东西,他们既无力躲开,也难以抵达。

"你猜怎么着,那个大圆筒,一次只能进一个人,就投个币,拍一下黄色按钮,门就开了哈哈哈。你能想象巴黎圣母院脚下有这么一个后现代的玩意吗?"

"然后呢哈哈哈?"

"然后门开了,我进去,门又关上。然后厕所里有个声音开始讲法文,女声,就像飞机起飞前播的注意事项。然后我也不知怎么了按了红色的按钮哈哈哈……"

"然后就下雨了?"

"是淋浴,淋浴!谁能想到花一欧元你在巴黎可以上趟厕所还能洗个热水澡?应该按蓝色,蓝色……"

"哈哈哈……可是我想知道，她写了什么？"

"什么意思？"康啸宇的手僵在半空，他的头发上还沾着纸巾的碎屑，随着一阵不识时务的风，滑稽地摇摆。

"钱素梅给你的那些信里，到底写了什么？"

钱素梅的诗就埋在她的那些漫长的信里，与各种前言不搭后语的陈述句混在一起。有时候甚至连分段都不清晰。她身边的人事被赋予各种代号，从那些像"影子叠着影子"般穿梭的同事里，康啸宇辨认不出姚烨到底是哪一个。总之，钱素梅的信是连绵不绝、含混不清的梦话，康啸宇把其中可以分行的文字一段段挖出来，排在一起，凑出五六十首。

"你觉得她很有天分？"

"有一点吧，不能算天才。但是，她很不容易。她告诉我，她在她的家乡都没机会上高中，在你们医院的工作，是从当护工开始的。你知道，考虑到她的学历、工作、身份、形象，甚至钱素梅这个名字……反差有多么悬殊。对于读者而言，这是有记忆点的——你明白吗？这就是我麻烦的开始。"

姚烨终于找回了鄙视康啸宇的理由。总有那么一些人，喜欢说几句故意让人听不懂的话——你把这些词语一层层剥开，最后拿到的也无非是一个跟网店广告相差无几的企图。

"你是说，你想……推销她？"

"这个……我们不如换个角度看，那些比她写得更好的诗人，不一定有她这样的经历。更何况，她写的是医院，是病人，是生死……"

"哈，"姚烨冷笑了一声，"弄不好是给那些动不动要排三小时队的病人，又找了个出气筒。"

"也不能说这样的担心没有道理。我没法保证人们会用善意解释这些文字。她在诗歌里表现出的情绪有时候很负面，你刚才听到的那几句可能是她最乐观的一首了。她观察那些拿到化验报告的病人，写他们'撕掉这些纸，那些纸／纷纷扬扬地／撒下一生的悲伤'。"

姚烨想象不出钱素梅每天会在什么时间躲在什么角落里，"观察"这一切。她究竟在姚烨身上观察到了什么，才会把那件事情交给她来做？在构思那件事情的时候，她觉得自己是在写诗吗？

"诗里的这个女病人以为她自己的悲伤至少有一个观众，"康啸宇还在兴致勃勃地往下讲，好像在上一堂诗歌鉴赏课，"然而，等坐在三十米之外的那个男人站起来，她才看清楚，原来，这是个盲人。具体的诗句我可能记不清楚了，但那个突然的转折我觉得很有意思。"

有好一会儿姚烨都烦躁不已，她不想听这些句子里有多少视角转换，能让谁联想起欧洲的哪一首现代诗，更不想听钱素梅的背景与去年突然走红的哪个人有多么相似。一个句子的诞生，与一个人的消失相比，渺小得不值一提。

"也就是说，你们的杂志登了钱素梅的诗？"

"没有。这倒不是因为我担心她的诗被曲解——有点争议性，对于诗人是好事。我给她电话，请她来办公室里谈稿子，她都不肯来，只是把信写得更长更乱。在诗句里，我能看到有一个晃来晃去的背影，一个让她失控的人，也许是男人。她无法违背他的指令。"

"什么意思？这个背影是在我们医院里，还是在她家里？"

"不知道。总之应该有点权力吧。她写得闪闪烁烁，诗里的手术刀和呼吸机悬在头顶，随时要掉下来。我开始感觉到不安，我不知道按医学的角度看，那算是什么问题。躁狂？还是抑郁？"

医务科刘主任的干咳和透过架在鼻尖上的眼镜的注视，从姚烨的耳边和眼前飘过。两年前的医院里，护士圈里一直传说着他对女人的态度有点复杂。她摇摇头，极力想把这些甩到脑壳外面去。

"谁知道是不是你编的？现在她反正是没法申辩的。"

"当然，每个人说的每句话，都是不可靠叙事……其实我也希望是我编的。"康啸宇把脸埋进两只大手，上下摩挲，就好像是在用一种特别文艺的姿势做眼保健操，"我希望我从来没认识她。如果非得认识，那我希望，我那天至少回她一个电话。我只是预感到会有麻烦，但是没想到逃避麻烦会带来更大的麻烦。"

在康啸宇的叙述中，姚烨听到了巨大的、无法理解的、被刻意省略的空白。但她没有力气，也没有必要再追问下去。

五

三分钟，姚烨说，她只有三分钟。总护士长叫她去谈话。可能岗位要轮转，她轻快地说。

以姚烨的熟练程度，消毒，扎入静脉，松开止血带，三分钟足够。没有更多的时间犹豫了，为了这一刻，已经准备了太久。

丙种球蛋白是早就攒下的。姚烨知趣地没有问来路。当了那么多年护士，觉得自己快要感冒的时候央求同事注射一点增加免疫力，这样的事情，平常得就像医生在手术时，动不动就会有血被溅到眼镜片上。所以，一切都毫无悬念，姚烨没有按规定要求出示处方。

"打右手，腾出左手方便一点儿。"姚烨知道，钱素梅是个左撇子。

"钱姐，你没事吧？"姚烨的语气，让你只能用"没事"来回答。

"就是有点累。很累。晚上总是睡不好。"球蛋白冻干粉在瓶中已经溶解成了无色透明的液体。

姚烨走出值班室之前，甚至乖巧地拉上窗帘，轻轻带上门。这个动作也许会让人略感内疚，也许会让后面的步骤进行得缓慢一点。无论如何，钱素梅可以这样想：舍得给自己买一百美元一管的护手霜的女人，心里不会千疮百孔。姚烨是一定能缓过来的——一年？两年？也许。

"第三天傍晚,在圣心教堂感受过静谧的心灵洗礼之后,不妨沿着台阶拾级而下,感受另类的文艺气息。浸润在小丘广场的夕阳下,开大光圈,背对公园利用侧逆光,收获此行最美的一张自拍照。"旅行指南的这一页似乎换了个翻译,读来格外顺畅,但排版有点局促,因为标题长得只能分成两行:一人食,一人行,奢华的极简,快乐的孤单。

姚烨又成了一个人,又回到了她给自己规划的攻略中。手机镜头里,姚烨看到自己的脸并不像她想象的那么苍白。夕阳是最昂贵的化妆品,从脸颊到脖子都红扑扑的泛着橙色的光。她想,诗人钱素梅会怎么写这样的阳光?

切开的气管嘶嘶作响,管壁上文着斑驳的渴望,以及去年暮春的,栀子花香。

多么骇人的意象啊,康啸宇说。不是迫害的害,他说,是惊世骇俗的骇。

此时的康啸宇应该正坐在从巴黎到尼斯的火车上。车厢外的色彩越来越丰富,车厢里的气温越来越高。两年来,他总算找到了一个可以一次性处理旧货的机会,一个他以为可以感同身受的听众。"当时那种情况,你知道的,根本没办法讲道理。没人会听你讲道理,是不是?"

姚烨不愿意点头，就像在殡仪馆门前时那样。她不愿意跟康啸宇同病相怜，不愿意分担他的哪怕一点点委屈和内疚。然而，记忆并不会因为不情愿就消失，它们连在一起，整块整块地砸过来。

忙乱的脚步声。晃动的抢救的身影。那种人人都知道没有任何效果的抢救。所有人在拨所有的电话。被拦在门外的姚烨，从门缝里看到的钱素梅的脸。那样远的距离其实应该看不清脸上的表情，但是姚烨相信自己看见了。有一瞬间，她甚至觉得那脸上挂着笑容，洋溢着某种终于好好睡了一觉的感激之情。

护士长跌坐在护士台旁的地面上，有整整十分钟，别人怎么扶都起不来。胖警察的脸越来越严肃，盘问了姚烨两句以后，就让级别低一点的瘦警察看住她坐在值班室里不准乱跑。调监控录像，封存证物，去派出所配合调查——这一切就像是一盘错乱剪接的录像带，在姚烨的脑中循环播放了两年。

再回到医院上班时，她发现，所有人都过分客套地向她问好。走进更衣室换制服的时候，几个更年轻的小护士把一个笑话拦腰砍断，紧张地停住笑声，就像草草收拢一把折扇。在回忆中,她试图用钱素梅的眼睛,寻找康啸宇的位置,刘主任的位置,或者她的母亲和舅舅的位置。但录像带开始打滑、扭曲,发出尖利的啸叫,最后大团大团的雪花塞满她脑中的屏幕。

"这不怪你,怎么能怪你——"护士长抹着眼泪叹着气,"但是你也别怪她……除了找你,我想不出她当时还能把这件事派给谁。"

"以她的技术,她其实可以替自己打……"话说了半句,姚烨就被自己声音里的冷酷吓了一跳。

沉默许久,护士长拍拍姚烨的肩膀:"一个人走,她也是害怕的。她想跟你告别呢,你不如这样想吧。"

"但是为什么,为什么?她有什么过不去的事,不能跟你说,跟我说?"隔着口罩,姚烨的呜咽听起来就像是一个被绑架的人质在垂死挣扎。

没有人能解释为什么。康啸宇在给姚烨上了一天诗歌鉴赏课之后,把她拉得离真相更远。"归根结底,这是一种对生命的虚构化,是一种建立在戏剧基础上的仪式。"康啸宇一个字一个字地吐出来,长长地松一口气。

唯一确凿的是,警察在垃圾桶里找到了姚烨替钱素梅注射的球蛋白，还剩半瓶。姚烨计算过，哪怕用最慢的速度，滴入钱素梅体内的另半瓶也只需要花掉一刻钟。

在这一刻钟里。钱素梅安安静静地待在值班室里，也许躺着，也许坐着，也许躺一会又坐起来，也许甚至想了一句诗。然后她的左手拉开抽屉，小心翼翼地拿出第二瓶，娴熟地换到了输液架上。

异丙酚，阿曲库铵，一种是镇静剂，一种是肌松药。双保险。致命而不痛苦。

录像带倒回去，画面停留在针扎进静脉的那个瞬间。姚烨总是忍不住想，这一针不仅让她当了三天的杀人嫌疑犯，也通过某种方式，刺进了自己的静脉。从那一天开始，她身上有一部分就跟着死过去了，而钱素梅的一部分，却附在她身上活了过来。

蒙马特高地上到处都是那种小巧的仿古手风琴。穿红黑格子背带裤、脖子上系着红色三角围巾的男人会不经意地从你身边经过，突然拉足风箱。你正在出神，条件反射地弹开，恍然间听到他嘴里哼着似曾相识的香颂旋律，惊讶这样小的琴竟然能放出那么大的音量。那男人身边，已经跟上了一串看热闹的、举着手机拍视频的游客。你手足无措，发现口袋里没有零钱，最后只能掏出十欧元纸币，扔进男人随手搁在身边的破旧的礼帽里。

"谢谢——"如今在旅游胜地卖艺的老外，个个都会耍两句中文，向越来越常见的中国游客示好。这位风琴手甚至把这两个洋腔洋调的中文字顺滑地嵌进间奏里，听起来就像是一句歌词。他一边道谢，一边向姚烨挤挤眼，手指在键盘上按了一串眼花缭乱的动作，手背上金黄色的毛在夕阳下闪光。

"Merci——Merci，"姚烨喃喃地重复着刚刚学会的法语。异国的语言也是一种恰到好处的麻醉剂，陌生的感觉从舌尖一路传到太阳穴，一阵过电般的酥麻掠过全身。她迈开步子，一路沿着台阶往下跑。

夜幕中，她打算就一直这样跑。跑上地铁，从圣米歇尔广场站钻出来，跑进巴黎圣母院门口的圆柱形的厕所。她让自己一定要记得按红色的按钮，让温暖的水从头到脚浇下来。她相信，钱素梅会一直在她身边，像影子一样贴着她跑。唯一不同的是——姚烨的脸上忍不住露出了微笑——她以前真的不知道，钱素梅会一边跑，一边写诗。

料理店之夜

康　夫

康　夫　滞销书作者,不知名编剧,社会闲散人员。学过一点新闻、历史、政治、小语种、美术和戏剧,现居北京,写有《灰猫奇异事务所》。

初到特拉维夫时，我在希伯来语学校里结识了一位日本留学生，青木君。整个学校只有我们两个东亚人，因此很快认识了。

青木君比我年轻几岁，平头，运动服，网球鞋，双肩包，表情认真，待人诚恳，是标准的日本好学生。然而在中东这样混乱的地方，人员背景五花八门，文弱的亚洲学生是学校里最容易被欺压的一类。他们不来惹我这种胡子拉碴的独居混混，住在学生公寓的青木君却总是成为被捉弄的对象。一到放课午休，他们就打发他去跑腿买三明治，公寓的日常卫生、刷锅洗碗，也全部扔给他一个人。不仅如此，他们还仗着他英文不好，当面说些无礼的话。青木君不明就里，总是面带微笑地听着。大概对日本人来说，礼貌总是最重要的吧。

每次遇见这样的事，我既不戳破，也不出言制止，只目不旁视地路过。我没有仗义的习惯，在这万里之外的是非之地，但求独善其身罢了。

夏天过后，很快到了犹太新年。假期漫长，来自欧美的留学生大部分预订了回国或度假的机票，有本地亲戚的学生则投亲访友，阖家团圆。我在图书馆待到假期前一天的傍晚，直到清馆锁门才收拾东西离开。

无处可去，只好趿着拖鞋在图书馆门口抽烟，脑子里盘算着如何度过假期。这时，一个热切的声音从后面传来。

"林桑！"

是青木君。整个学校里会和我打招呼的人少之又少，这么称呼我的只有青木一个。他依旧穿着整齐的运动服，像参加升旗仪式的初中生。

"啊，青木君。"我掐掉烟，向他点点头。

"没有关系，我不介意。"他连忙说。他的英语带有浓郁的日本风味，语法也有点勉强，好在对中国人来说理解起来没有障碍，甚至还有点教科书式对话的熟悉感。

"你怎么样今天？"这是青木君万古不变的开场白。

"我很好，你呢？"为了让他能够轻松地继续对话，我也每次都选这一句他熟悉的回答。

"我也很好。"青木君果然愉快地说，"背了一整天单词，真希望到考试时还能记得住。"

他手里抱着一叠希伯来语课的复习提要，看来正在为节后的考试操心。青木君在学习上确实有亚洲学生独有的勤奋，然而遗憾得很，几个月过去，他仍然在希伯来语的大门外徘徊，完全没有在这种古老复杂、变化多端的小语种身上找到突破口。

"说起来,你准备怎样过假期?我刚刚才想起明天就放假了,真是糟糕,什么食物都没有准备。"他发愁地说。

"我也是。"我说。

学校里空空荡荡,人都走光了。我们沿着校门口的下坡往前走,夜风温热,路边的棕榈树高大沉默。这条路直通海边,可以看到尽头处地中海模糊的蓝色。我们试图去超市买些食物,没想到此时已经过了八点。按照本地法律,逢宗教节日,太阳下山之后,超市便不能营业了。明天起,商铺、影院、市场、餐厅等营业场所都得关门,汽车也不能上路。

"我宿舍里还有一些昨晚剩下的饭团,如果林桑不介意的话,可以勉强吃一点。"青木君腼腆地说。他的句子前后颠倒,但我很快就明白了他的意思。

"你的室友们都在吗?"我问。

"啊,他们都度假去了,昨天就走了。"青木君脸上露出轻松的表情。

"这样的话,那么打扰了。"我说。

青木君很高兴。他的宿舍是三人合住一套的公寓,另外两扇卧室门大敞着,里面露出乱七八糟的床褥、打开的衣柜门、整理箱子时来不及收拾扔得到处都是的杂物。唯有青木君的房间十分整洁，被子叠成豆腐块，台灯下面按大小顺序站着一排书。

我们简单收拾了客厅，坐下来吃了一些冰箱里拿出来的冷饭团。青木君找出他从日本带来的一小瓶梅酒，喝光之后，屋子里就什么吃的也没有了。

"感谢款待，今晚不至于饿肚子。"我说。

"哪里，实在太抱歉了。"青木君神情窘迫。我不知道按照日本人的习惯，是不是应该继续客气下去，但我实在没有储备那么多客套话，于是我们只好沉默地对坐着，脑子里大概在为同一件事情发愁：今晚是吃饱了，明天怎么办呢？

青木君忽然开口道："其实，一直想找个机会请林桑吃饭，不过当然不是这个样子的饭，而是很好吃的饭。在学校里这几个月，总是觉得很陌生，只有林桑对我友好又温和。承蒙关照，应该道谢。"

没想到青木君说出这样的话来。虽然我确实在功课上帮过他一星半点，但比起我平日里对他的处境冷眼旁观的行为，实在不能将功抵过。

见我没有答话，青木君继续说道："我的厨艺是很好的，尤其是寿司。可惜在这里没有条件，不能与林桑大快朵颐了。"

这番话让我感到内疚。青木君来国外的几个月，不仅没有朋友，因为英语不太好，也从来没有到学校之外的地方去过。年轻人盼望已久的海外经历，在现实中竟然如此寡淡，想必他心中也有些失望。

我站起身来："我想假期去戈兰高地旅行。如果青木君愿意一起，那就再好不过了。"

青木君惊讶地瞪大了眼睛，好一会儿才说："去戈兰高地？"

"是的。"我说，"那里风景很美，是本国人露营度假的地方。靠近叙利亚的一侧有地雷，很危险，我们不去。我们去靠近加利利湖的这一侧，可以租自行车环湖。而且那儿有一种叫圣彼得鱼的特产，如果青木君很久没有吃到鱼，这一趟还是值得的。"青木君半天没说话。我以为自己说得太快，正打算放慢速度再说一遍。

"可是我们要怎样才能到加利利湖呢？明天长途汽车就停运了。"青木君开口了。

"所以，我们今晚就走。"我说，"如果我们现在出发，应该还能赶上最后一班车。我的护照随身带着,钱也有一点,不用回去取东西。"

青木君又一次惊讶地睁大了眼睛,但他很快站起来,坚定地说:"好,我和你一起去。"

在接下来的一分钟里,青木君变魔术般地拖出一只小号登山包,往里面塞进一只急救宝盒、一只户外活动必备工具盒,一些衣物。他背起鼓鼓囊囊的书包,然后将一条白汗巾挂在书包带上,瞬间有了一副即将攀登富士山的模样。看来,日本人常备紧急用品的传闻,并不是夸张。

"我们走吧。"他说。

这次计划之外的旅行十分愉快。抵达湖区之后,我们投宿在青年旅馆,第二天便租了自行车环湖骑行。沿途虽然人烟稀少,几乎没有公共设施,但道路平整,景色疏阔,还有许多洁白整齐的小教堂可以歇脚。到了即将回学校的前一天,我们在湖边一家餐厅吃到了著名的"圣彼得鱼"。在等待上菜的间隙,我又想起了青木君曾说起的擅长烹饪的事。

"青木君说自己很会做寿司,是从小就喜欢烹饪吗?"我随口问道。

"其实不是。我家在海边,离大城市很远。爷爷、外婆、父母、姐姐、弟弟，一大家子生活在一起，经济上也不宽裕。读完高中以后，我考上了东京的大学，因此就独自到东京念书。"青木君说，"到昂贵的大城市读书并不是我家人的愿望，他们不能支付我的生活费，于是我每天晚上去餐厅打工，就这样学了一点料理的方法。"

"真不容易。要去餐厅帮厨，也得有天分才行。我刚毕业时打过好几份工，司机、翻译、导游、广告文员，甚至还发过促销广告、当过影楼助理，但就是没有餐厅肯要我。"我说。

青木君腼腆地笑了一笑，说："大概因为我父亲是渔民，我对鱼的种类比较熟悉，所以被主厨收留。"

这时候，著名的"圣彼得鱼"端了上来。一条整鱼剖成两半，炸得金黄，配上薯条和调味汁，令人食欲大增。这家餐厅实际上只能算大排档，桌椅摆在露天沙地里，入夜后四下漆黑一片，只有对岸亮着稀疏的灯火。湖面上冷雾弥漫，店家在我们旁边点了一堆篝火取暖。

"真是佩服林桑，做过这么多工作。"青木君说。

"哪里，一事无成。"我并没有谦虚。

"说起来，林桑为什么要到中东来呢？说实话，第一次知道学校里有中国人,我好惊讶。"青木君认真地说。

这个问题把我噎住了。我自己也答不上来。我在大学里学的是农林育种,毕业以后很难找到一份体面的工作。几经努力,数次跳槽,终于进了专业对口的跨国大公司,在职业上有了可预见的发展,也攒下了勉强可供结婚的费用,可以给大学时就在一起的女友一个交代。按理说,应该积极投身到生活中去才是。可是,连着几个周末陪女友逛家居市场之后,我突然冒出来一句:"公司要派我去海外。"

女友站在黑色和白色的柜子前面,将打量柜子的目光转到我脸上,问:"什么时候?"

"很快。"我脱口而出,完全没有打腹稿。

"要去多久?"她脸上一副难以置信的表情。

"我也不知道,大概要好几年。"我说。

"什么时候的事?为什么不和我商量?去哪个国家?配偶可以随行吗?爸妈知道了吗?还有,婚礼怎么办?"一瞬间,她脸上的难以置信变成了质疑和薄怒,剑拔弩张。

这样的对话虽然完全不在计划之中,但一旦开了头,我也没有想要停下的打算。我说:"我得一个人去。"

我的冷静让她感到了异样。她用两只眼睛在我脸上搜索一阵,最后问道:"所以,你要我推迟婚礼吗?"

"我想……不用等我。"我低下头。

她松了一口气,淡淡地说:"我一直怀疑你是那种临阵脱逃的人,看来直觉没错。"

她脸上有一种绝望的如释重负,好像第二只靴子终于落了地。

第二天,我把银行卡里的余额转给了她,向公司辞了职。不久后,我通过原来在公司时的关系,联络到以色列这边的农业育种企业,让朋友帮我申请了签证。我并没有接下来怎么办的具体计划,只打算先学一些语言,然后找一家本地公司工作。我也不知道自己为什么要放下多年来奋斗的成果、即将到手的幸福生活,到万里之外一个完全陌生的地方从头开始。能确定的是,当"幸福生活"终于来到面前的时候,我本能地感到恐惧。

当然,这些不负责任、遗弃未婚妻子的事情,不能和青木君实话实说。

"为什么来中东……我想,是因为足够远吧。"我含糊地答道。

没想到,青木君立刻抬起头看着我,认真地说:"我到这里来，也是这个原因啊！"

"哦？"

"我在料理店工作时，就下了这样的决心：以后有机会一定要离开日本生活一段时间。原来以为至少要等到大学毕业，没想到大四就有这样的海外交换机会，因此毫不犹豫地申请了。"青木君说。

"有这样的想法，是因为在料理店发生了什么事吗？"我问。

青木君低头想了一会儿，犹豫地抬起头来看着我，说："确实遇到一些奇怪的事，从来没有和别人说过。总之，那以后就想离开自己熟悉的社会。"

"如果青木君愿意讲，我很乐意听。"我说。

"林桑不会嘲笑的吗？听起来不可思议就是了。"他忐忑地又问了一次。得到确定的答复以后，他慢慢地说起在料理店时的见闻。为了避免语言上的困扰，我们特意问餐厅服务生要来纸笔，边写边说。中文和日语有许多文字上的相似之处，因此纸面交流比口头交流顺畅得多。

"我所在的那家料理店，在新宿一带，是一家高级料理店。主厨上过好些电视节目，号称新宿寿司之神。"青木君话锋一转，问道，"不知道中国的高级厨师们有没有什么秘密的仪式？"

"中国民间有祭灶神的传统。新年之后，把贴在厨房墙上的灶神画像祭拜一番，给灶王爷的嘴涂上蜂蜜糖浆，再放进灶膛烧掉。这样的话，灶王爷上了天，就会说这家人的好话。不过，这都是很多年以前乡下的习俗了。"我说。

青木君点点头："不完全一样，但也有相似的地方。在我们那里，每天晚上打烊之后，主厨都会把菜单上的寿司再做一份出来，摆在案前供奉。厨师们相信，只要做出来的食物足够优秀，主宰这些食物的小神灵就会光顾，附身在食物身上。这样，第二天这些食物就会特别好吃。这种传说并没有人真的相信，只是作为一个业内传统罢了。但是有一天晚上，我确实听到了寿司们在说话。"

"寿司们在说话？"这么有意思的说法，我还是第一次听说，立刻显出十二分的兴致。

青木君见我没有嘲笑的意思，放下心来说道："那天夜里客人走得很晚，我下班时已经没有回去的电车了，店长就让我睡在大堂的柜台后面。隔着一面屏风，就是摆放寿司们的桌子。我累得厉害，很快就睡着了，没多久却听到了模糊的说话声。"

一开始，青木君以为是小偷或者邻居，立刻打起精神凝神谛听。很快，他听到一连串愤怒的质问。

"凭什么我每天一睁眼就是一脑门子官司，头上顶着这么多事，你却可以在那里悠哉快活？"这是一个中年女人的声音。

"我哪有悠哉快活，我事情也不少啊！工作上一桩桩一件件，还得应付烦人的上司，哪是你这种家庭妇女能想象的。"

另一个声音回答到。这是一个粗厚的男人的声音。

"还好意思说，我每天早起做早餐，叫孩子起床，给你准备衣服，送孩子上学，买菜，做家务，做午饭，接孩子放学，陪写作业，陪玩，做晚饭，等你醉醺醺地回来，还要伺候你洗澡休息。你呢？说是说工作多么忙碌，实际上这么多年也没有涨薪升职，无非是毫无出息地混混日子罢了！"

之前的女声高了八度，紧接着"啪"的一声，好像是一个耳光落在了谁脸上。挨打的一方立刻大喊起来："你这个泼妇！"

青木君探出头来，只见草编屏风后面的桌子上，原本摆着各色寿司的圆形大漆盘里热闹一片，争吵声正是从那儿传来的。隔着屏风的草绳缝隙，青木君看到寿司们纷纷站了起来，准确地说，它们虽然还是寿司，但更像是一群小人儿。正当中站着的是三文鱼籽寿司太太，她双手叉腰，气势汹汹，满头金黄色发卷摇摇晃晃。在她对面捂着脸的是粟米寿司先生，刚刚三文鱼籽太太那一巴掌扇掉了他头上好几个玉米粒，他不得不忍着怒火弯腰一粒粒捡起，重新按在自己头上。

"老娘当年是打字社的金牌文员，要不是因为嫁给你，怎么会落到今天这个样子。"说着，三文鱼籽太太又扬起了巴掌。

一旁的寿司们纷纷拽住三文鱼籽太太。三文鱼籽太太气呼呼地伸出手，小心翼翼地按了按头上明晃晃的鱼籽，确保发型没有受损，这才继续抱怨："你看我，一个月下来，做头发的时间都没有。"

粟米先生捂着脸叫道："那你干吗嫁给我！"

"他们说我跟你一看就是一对儿呀！"三文鱼籽太太理直气壮地说，"谁知道这么多年过去，你还是满头玉米。"

青木君渐渐回过神来，明白自己这是遇见寿司之神了。不过他可从没想过，这些小神灵不但是一大家子，还是这么热闹的一大家子。

三文鱼籽太太消了消气，一屁股坐在盘子里，揪过一片用来装饰摆盘的桑树叶子给自己扇了扇风。

"反正，我们家玉子，一定要嫁个像样的人，不能再嫁给你这种不思进取的男人。"三文鱼籽太太若有所思地说。

见危机解除，其他人纷纷回到自己的位置，各自躺了下来，恢复了寿司的样子。红黑相间的大漆盘里，又一片安静了。青木君等了许久，才从屏风后面小心地走出来。他迫不及待地俯身到桌子前去看那一大盘寿司，和平时见到的并无两样。

青木君一度怀疑这是自己太过劳累导致的幻觉，不过，第二天营业的时候，一位老顾客咬了一口三文鱼籽寿司，夸张地赞美起来："今天的三文鱼籽，味道好劲爆呢！"

自此以后，青木君就向店长申请在店里过夜。

"反正也缺一个看店的人。让我住这里的话，我也不用急着赶末班地铁了，还可以有时间温习功课。"这是青木君的理由。

这天午夜，装寿司的大漆盘果然又热闹起来。一家人洗洗涮涮、出出进进、聊天抱怨，俨然四代同堂。

肤色莹白、面容圆润的带子寿司一边整理家务，一边心事重重地望向门口。八爪鱼寿司浑身醋味，醉醺醺地摔进门，把公文包一甩，整个扑倒在粉丝团里。

带子夫人见状，赶紧过去帮丈夫脱鞋。

"今天又是应酬吗？"带子夫人愁眉紧锁，看了看八爪鱼丈夫的脸色。

"嗯。"八爪鱼丈夫浑身散了架似的，动也不动，"记得收拾行李，明天又要出差。我先去睡了。"

说着，八爪鱼丈夫挣扎着试图从粉丝团沙发上爬起来。听到丈夫的话，带子夫人的动作不由一滞，她缓缓从旁边拿过一件物事，低声说："上次整理你'出差'回来的行李，我看见了这个。"

八爪鱼丈夫眼睛一瞟，看清带子夫人手上拿的是一片鲜红的北极贝。他脸色一变，劈手想把东西夺过来，怒气冲冲地吼道："谁让你碰我的东西的。"

带子夫人哆嗦着，手里紧攥不放。

"北极贝小姐的衣服，怎么会在你的箱子里？"

"和秘书一起出差，行李拿混了，不是很正常的事吗。"八爪鱼丈夫心虚地梗着脖子。

"只是出差？"带子夫人眼泪汪汪。

"一起过夜了又怎么样，快把衣服还给我。"八爪鱼丈夫扑了过去，和带子夫人争夺起来。带子夫人不是对手，被推倒在一堆姜片上。

响声惊醒了在隔壁睡觉的孩子，一只小小的青瓜小卷睡眼惺忪，站在了门口。

"你们在干嘛？"青瓜小卷问。

带子夫人连忙爬起来把孩子搂在怀里。八爪鱼丈夫趁机把北极贝小姐的衣服抢过来塞进公文包，恼怒地冲出房间，跑到醋熘海蜇皮的盘子里去了。

八爪鱼丈夫沉浸在酱汁中，伸出手臂左拥右抱："还是这里好，谁愿意回家啊。"

带子夫人哄着青瓜小卷睡下，给他盖好紫菜薄毯。盘子的另一侧，一对衣着讲究、满头银发的老头老太太正在窃窃私语。

"我们怎么就这么倒霉，儿子娶了悍妇，女儿嫁了渣男。"老太太抱怨着。

"好在我也活不了多少年月了，懒得看他们扯皮打架。"老头不以为然地撇撇嘴。

"瞎说些什么。"老太太瞪了他一眼,扶着他躺下,扯过一条三文鱼刺身给老头盖上,然后自己把金枪鱼刺身盖好,紧挨着躺在丈夫身边。

"你也不比儿女们好多少,我要是年轻时有这个觉悟,早就不跟你过了。当时喜欢我的那个男人,姓天还是姓罗来着?你记得吗?我们结婚以后,他还秘密地来找过我好几次,让我跟他走,唉,真可惜……"

金枪鱼老太沉浸在对往事的回忆中,兴致勃勃地一转头,发现三文鱼老头早已经打起了呼噜。金枪鱼老太黑着脸瞪了他一眼,无奈地一个翻身也睡了。

黑红相间的圆漆盘子里又恢复了平静。

青木君留在店里过夜的次数越来越多,渐渐地,他对寿司一家十分熟悉了:养老金充裕的金枪鱼奶奶和三文鱼爷爷是大家族的长辈,过着体面的生活;经常和妻子吵架的粟米先生是他们的长子,因为只是个普通的工薪族,因此结婚多年也没办法和妻子搬出去单住,令三文鱼籽太太十分不满;贤惠温柔的带子夫人是他们的女儿,女婿八爪鱼先生虽然在商业上十分成功,却总是拈花惹草,带子夫人只得忍气吞声。带子夫人和八爪鱼先生有一个儿子,正在读小学的青瓜小卷,细腻懂事;粟米先生和三文鱼籽太太也有一个孩子,独生女儿玉子小姐。玉子小姐已经成年,据说十分叛逆,令全家头痛不已。为了玉子小姐的婚事,三文鱼籽太太已经和她吵了好几次。

"再不结婚,还想等到什么时候呢?"三文鱼籽太太质问,"难道要到打折时段降价出售?"

"这说的是什么话?女孩子的魅力才不会随着时间贬值,现在这个时代,只要独立就可以过得很好。"玉子小姐说。她穿着一条浅黄色的裙子,中间系一根黑色腰带,显得整个人甜美又干练。粉嫩白皙的脸蛋因为生气变得红扑扑的,更添几分可爱。

"找个合适的丈夫结婚,和独立不矛盾呀。"三文鱼籽太太说,"上次那个海胆寿司我觉得不错,做投资的,光鲜体面。"

"不要!隔老远就闻到腥味,肯定比八爪鱼姨父还滥情。"玉子小姐说。

"那蓝鳍金枪鱼寿司呢?家境好,还有海外背景,和他结婚,你就可以一直在高档料理店生活了。"

"不要,他那条被子从来都只给自己一个人盖,一看就是自私的小气鬼。"玉子小姐说。

"那青花鱼、黄狮鱼、比目鱼呢？总有一个适合的吧！"三文鱼籽太太说。

"不要不要，统统不要！我才不要嫁给一个寿司，随便什么寿司都不要嫁！"玉子小姐坚定地说。

三文鱼籽太太吓了一跳："不嫁寿司？那你要嫁给谁？"

"你们都嫁给寿司了，结果怎么样，还不是糟糕得没完没了。我可看够了，绝不要嫁寿司。"玉子小姐说。

三文鱼籽太太具有一个母亲天生的敏锐，她立刻嗅出了一条隐藏很深的秘密信息。

"我知道了，你有结婚对象了。"三文鱼籽太太说。

玉子小姐没有做声。

"谁？"三文鱼籽太太追问。

玉子小姐深吸一口气，大无畏地说："人形烧先生。"

"什么？"这下，大惊失色的不止三文鱼籽太太一个，全家都围拢过来。

玉子小姐被困在正中，咬牙说道："是，就是浅草寺门口的人形烧先生。"

"我的天，那可是游客才会去吃的低级大排档啊！难道你要嫁到那种烟熏火燎的地方,和烧烤大鱿鱼什么的做邻居?"金枪鱼老太脸色发白。

"到了那种地方,就再也回不来料理店了,以后有了小孩子,小孩子也只能当快餐!"带子夫人用手捂住了心口。

"才不会,我们会有自己的生活的。我已经和他说好了,再晚一点,他就来接我。"玉子小姐说着,看了看店里的挂钟。

三文鱼籽太太一声没吭,"咚"地昏了过去,头上的鱼籽滚得到处都是。

"快,掐人中,抹芥末!"带子夫人经验丰富,立刻喊了出来。一家人赶紧手忙脚乱地把三文鱼籽太太抬到粉丝团上躺下,有的拿酱油给她涂太阳穴,有的把芥末抹在她鼻子下面。玉子小姐也扑到母亲身边,一副焦急的样子。

正在这时,空气中传来若有若无的音乐声,玉子小姐腾地站了起来。大家面面相觑,终于辨别出来这是迎亲的乐曲,只不过吹奏得歪歪扭扭。

"他们来了!"玉子小姐说着,迫不及待地跑到圆漆盘子边沿。一眨眼的工夫,桌子上出现了一队盛装打扮的人形烧,领头的是个身材结实、五官端正、看起来踏实可靠的小伙子。小伙子欣喜地快步走向玉子小姐,一把抱住了她。

"这真是太好了！"两个人异口同声地说。

玉子小姐抬起腿，想要翻过高高的盘沿，和人形烧新郎奔向新世界。三文鱼籽太太睁开眼睛正看到这一幕，惊慌地喊道："快拦住她！"

一家人如梦初醒，赶紧跑过去拉住玉子小姐。玉子小姐着急地拽住新郎："快，救我出去！"

迎亲的人形烧们一看势头不对，纷纷扔下乐器，撸起袖管，加入抢亲的战斗中来。一时间盘里盘外一片混乱，惊呼喊叫不绝于耳，刺身、鱼籽、紫菜、玉米、芥末、酱油满天飞。

大家打得不可开交。金枪鱼老太双手一摊，劝三文鱼籽太太道："玉子要跟谁结婚，就由她去好了，做父母的就别帮年轻人拿主意了。再说，你的生活也好不到哪里去啊。"

三文鱼籽太太睁大了眼睛，怒不可遏地回答："我的生活一团糟，还不是因为和你儿子在一起？我就是为了女儿不重蹈覆辙，才要仔仔细细地帮她挑一个丈夫。"

"咦，我哪里对不起你？结婚二十年天天忍着被你数落，竟然还从来没出过轨，这么忠诚的丈夫去哪找？"粟米先生莫名其妙地被三文鱼籽太太的枪口扫到，毫不客气地反驳。

"哈,你倒是没有出轨,那也得看看你有没有出轨的本事呀。薪水都不够生活费,还想讨好年轻姑娘吗?像八郎那样,生意做到那么大,自然想怎么出轨都行。"三文鱼籽太太一针见血。

八爪鱼先生脸上一阵红一阵白,还没开口,带子夫人已经奋不顾身地冲到了前面:"关八郎什么事?嫂子你给玉子物色的那些相亲对象,还不是三番五次地请八郎帮忙找来的吗?那个时候倒是很欣赏八郎人脉广啊。"

七嘴八舌,互不相让。金枪鱼老头闷了半天脾气,爆发似的大吼一声:"行了行了!不要再吵了!都是些不光彩的事,有什么好说的。"

带子夫人忽然哭了起来:"父亲总是这样,专断独行,只要表面上风平浪静,就不管别人心里的感受。什么都不许抱怨,什么都不让说。一定是因为从小在你身边长大,我才会变成现在这个懦弱的样子吧!"

金枪鱼老头一愣,鼓着眼珠答不上话。一个细细的身影从乱成一团的粉丝堆后面冒了出来,是青瓜小卷。

"玉子姐姐呢?"他怯生生地问道。

大家这才发现，玉子小姐、人形烧新郎、迎亲的队伍，全都已经消失得无影无踪。空气里还弥漫着不属于高级料理店的大排档食物的气味，曾经属于这里的玉子已经永远地离开了家。

披头散发的三文鱼籽太太捂脸痛哭起来，冲着店门外玉子小姐离开的方向喊道："过不下去了就回来呀——"

第二天一早，到店里来上班的员工们都吓了一跳：供奉在桌子正中的圆漆寿司盘里，头一天晚上排列整齐的寿司们都变了模样，成了一盘米饭和刺身搅拌在一起的散寿司。

"这是怎么回事？"店长问青木君。

"这个……我也不清楚。"青木君撒谎说。

店长虽然不太相信，但也没有继续追究，只是此后不再让青木君在店里过夜。过了一段时间，学校开始期末考试，功课压力很大，青木君只得辞去料理店的工作，专心复习。

"再后来，新找的兼职就是在学校附近给小孩子当课余辅导的教师，或者给教授们做助理，总之没有再去料理店工作过。虽然时常想起那一大家子寿司，但这种事毕竟有些奇谈怪论，因此也没有说给旁人听过。"青木君停了下来，放低声音道，"倒是很久以后，有一次去浅草寺求签，出来时鬼使神差就走到小吃街上去了。远远地一眼看见了人形烧的摊位，排着好长的队伍，招牌上除了画着人形烧，还画着玉子烧和章鱼小丸子。"

"啊！都有孩子了啊。"我说。不知怎么的，我不但完全相信了青木君的故事，而且自然而然地觉得章鱼小丸子应该就是玉子小姐和人形烧丈夫的孩子。这么说来，玉子小姐逃出料理店，倒也算是一个结局圆满的冒险了。

"然后，我绕着走开了，尽管心中惦记，但始终没有去看一眼玉子小姐。"青木君说。

"这是为什么？"我感到不解。

"这个嘛……"青木君犹豫再三，缓缓说道，"在料理店那些晚上所目睹的事，一直在我脑海里无法忘记。联想到自己的家庭，或多或少有些相似。我的两个姐姐婚姻都很不幸，母亲就更不必说了。虽然都是美好的女性，但最后都成为了繁育下一代的工具、家里的摆设、不要钱的佣人。也许我过于悲观，但我总忍不住推测，如果玉子小姐嫁的是好脾气的踏实丈夫，她也许会像三文鱼籽太太一样因为生活窘迫，成为焦虑的妻子；如果嫁的是前途无量、衣食无忧的潜力丈夫，她也许会发生带子夫人那样的悲剧，成为哀怨的妻子。如果她运气十分之好，嫁的丈夫既忠诚又殷实，那么到了晚年，多半也会像金枪鱼老太一样，因为失去了自由的一生而遗憾。虽然逃出了高级料理店的漆盘，实际上也无非这几种结局。这其中的任何一种，都是我所不愿意看到的。玉子小姐聪慧美丽、坚韧执著，我真希望她永远是我记忆中的样子。"

这一大段话，远超出了青木君英语表达能力的范围，我们不得不借助纸笔、英文、手势，花了很长时间才搞明白意思。不知不觉间已是后半夜。我没有想到他说出这样悲观的话来，一时间也陷入了愁绪之中。而青木君情绪渐渐激动，索性放下手中的纸笔，用日语讲了一长串问句。

我们看着彼此，默不作声。他平静了一些，打开手机上的翻译网页，把自己刚刚讲的那番话翻译成勉强能懂的英文，递到我面前："如果我在自己的国家工作、生活、结婚，那么必定会有一个女孩成为我的妻子，付出她自己的前途、时间、健康、青春和精力，来照顾家庭、照顾我的生活。可是我又有什么资格让别人做这样的事呢？自己选择的结婚对象，多少是喜爱的女性，把自己喜爱和欣赏的对象推入婚姻这样万劫不复的深渊，难道是爱的表现吗？"

我想起了我和阿雅在家具店的那个下午。我没有任何与她分手的理由，然而长久以来困扰我的三柄利剑同时掉了下来：对即将到来的家庭生活的恐惧，对自从决定结婚后就不断消逝的少女阿雅的痛惜，对将要在生活中受尽磨难的未来阿雅的哀悼。我看到我们站在开满鲜花的悬崖上，当婚礼进行曲奏完，就会无法回头地坠入深渊。

悬崖上的阿雅回头对我说："白色家具便宜，但黑色的折扣力度大，到底买哪个划算呢？"

我不愿意她落下去，为了我这样一个不值得的人。在那一瞬间，我决定把她推离悬崖，推到安全的地带。

"公司要派我去海外。"我说。

就这样，一切都回到了正确的轨道上。

篝火渐渐熄灭了。星子暗淡，天色逐渐有了一丝发白。这是天亮前最寒冷的时刻，也许是我有生以来度过的最寒冷的一个黎明。刺骨的冰凉让我和青木君不得不抱住膝盖缩成一团，咬紧牙齿，一言不发地对抗寒意。在湖面呼啸的冷风中，映照着微弱朝霞的云彩上，我的眼前浮现出阿雅活泼的面庞。

请不要辜负这一生！我在心中向她喊道。

假期结束之后，我们回到学校。我们之间的关系又像之前一样礼貌客套，除了偶遇时点头问好，鲜有往来。几个月后，青木君结束了交换留学的课程，准备回到东京去参加毕业典礼。我们一起在市中心的餐厅里吃了一顿饭，当作饯行。但那次我们的话题只有他回国求职的计划。

我没有再回国内。结束了语言学校的课程，我辗转在以色列的各家公司之间，卖过葡萄柚果树苗、滴灌设备、西红柿，后来又学了一点阿拉伯语，在约旦和土耳其工作了一段时间，还在迪拜当过珠宝销售员。再后来，我又靠着一点波斯语的基础，在伊朗做起了建材生意。奔波辗转，一晃好几年过去，青木君再无消息。日本大地震的那年，我因为工作的原因正巧在东京过圣诞，特意按照他以前的邮箱地址写信询问他的近况，意外地收到了回信。

他在邮件里附上了一家三口的近照，用十分快乐的语气写道："林桑，结婚也没有那么罪恶，千万要试一试啊！"

日暮降临，浅草寺外的街道人来人往，店铺亮起闪烁的招牌，食物的香味带着热气四处飘散。我被裹挟在滚滚红尘之中，任汹涌不息的人潮将我淹没。

去见小琳

吴元锴

吴元锴　著有长篇小说《看不见的零等星》《雨中你的自由泳非常美丽》《阿惑的天空》等。

在去接新娘的七座婚车中，我闭上眼睛使劲一划，把小琳移除了星标朋友。

"哇前女友！"邻座的化妆女孩刚才就在偷看，这会儿一下叫出了声。

"啥啥啥？"坐前排的家伙也跟着起哄，车内顿时充满了快乐的空气。

"说，为什么把人家取消星标？"化妆女孩嘟起嘴，不过到底还是胸部更突出。

"这个嘛——"到新娘家怎么也还得一个小时，我配合她的想象胡诌，"一会儿要去拍别人结婚，心里难过嘛。"

"哇，"化妆女孩倒吸一口冷气，"真的是前女友。"

"那你还喜欢她吗？"前座助理女孩转过来趴在椅背上。

"肯定喜欢的，"化妆女孩替我回答，"不然干吗还弄个星标朋友，这会儿又偷偷摸摸取消了呢。"

"哪有偷偷摸摸，"我抓着头发，"没事儿整理下通讯录嘛。"

"怎么可能！"两个女孩高兴极了。

"嘿嘿，这么喜欢为什么分手？"阿靓的声音从更前面传来，这家伙竟然也来凑热闹。

"这——"一下子怎么编得出来。

"说！"两个女孩异口同声，像早已掌握证据的警察，现在只等我的口供。

"都是我的错，是我没有珍惜。"说出这句话，不知怎么就鼻子一酸，我低下头，眼眶一下子红了。

见到这个情况，女孩们有些不知所措。

"哈哈，有故事的男人！"没回头的阿靓只顾说个不停，"是不是拍私房被抓了？看你之前拍了那么多，真是羡慕……"

虽然觉得那些照片并不该被叫作"私房"，但确实在解释"不穿衣服的美丽女性"这一点上简单易懂。

我默默点头。

"瞧你们摄影噢。"助理女孩靠回椅背。

"你不也是摄影吗？"阿靓笑。

"是说你们男人啊。"化妆女孩靠向我，浑然不觉般将胸部压在我的手臂。真软啊，眼泪这才没有掉下来。

哼！心里不知怎么有点儿高兴，把你们这些家伙全骗了。我和小琳可不是因为私房分开的，说起来，还是因为私房认识的呢。

赌上摄影师之名在此断言：这个世上不想拍私房的摄影师不存在。

遇上美女的男人——日本有个大文豪（名字忘记了）这样说：先看眼睛的男人是伪善者，先看胸部的男人是伪恶家，先看全部、因为目不暇接抱起来看的是诚实的男人。

我就是这样诚实的男人。

靠近海边的小旅馆，空气中带着咸味，海风从半开的玻璃窗涌入室内。淘宝的几件衣服已经拍完了，包里的胶卷相机还一次没用，整理器材的我忽然抬头。窗边的女孩正在看我，头发和眼睛都是湿漉漉的，带着让人迷惑的表情，从我们尚未涉足的远处，传来海浪拍碎在防波堤上的声音。

这时候就该诚实地和对方说，想拍你。

这家伙还算诚实，女孩这样想着，将手肘折成奇妙的角度伸向后方。

虽然说过"不能给别人看"，但拿到照片后，女孩又"唔"地改变了心思。

"你去发，发你的相册。"女孩自己不发相册却叫我去发。

豆网相册对图片尺度十分严格，不过我的照片却常能浑水摸鱼存活好久。那个诀窍就是，不能只拍女孩。

在海边拍女孩也要拍下海堤上的狗、防波块、海鸥、灯塔、汽船；在植物园就拍下温室、蝴蝶兰、多肉植物、草坡、打盹的猫；在城市就拍天桥、花店、电线圈、信号灯、横道线。将环绕女孩的一切全部拍下，长桥、河流、轨道、雪人、雨伞、手划船、玻璃杯、风向标……

把当天拍摄的照片放进一个相册，按心情随意排列，女孩看起来就好像不只是女孩，也是花与风与街道。我将四指宽的胶卷从水中抽出，前一张是女孩展开的双腿，后一张是摇曳的海浪，原本想看女孩的我盯着浪尖出神——这就是我将自己投入海中溅起的东西？

"一百个有吗？"阿靓说，"我们也是那时候认识的吧。"

照片发出来后倒是有不少人来看，但留言却让我好几次想要关闭评论。收件箱里也堆满了豆邮，一大半是"照片已被转为仅自己可见"的系统通知，剩下的就是问器材，求网盘，要模特微信……

小琳就是在那时候找到了我，我把她当成了想要被拍的女孩。

"想在哪儿拍？"

"图书馆？"

"哇。"我的心里真的"哇"了一声。

"开玩笑的,"小琳回了个吐舌的表情,"是有工作。"

工作?拍什么我倒无所谓。"好玩么?"

"当然。"小琳说得一本正经。

人们因为爱结合,然后又为了鉴定这份爱的强度,发明了一种东西叫结婚。作为婚庆行业相关从业人员,在此为大家介绍婚礼摄影服务流程如下——才怪!光是想一遍就累得要命,如果一项项列举出来怎么也得576字。

在酒店草坪上拍完抛新郎仪式,摄像组去快剪了,我们摄影组就坐在宴会厅一角休息。看时间,离婚宴的彩排还有半小时。

灯光师来回调试追光灯的角度,确保一会儿光束能直射新人双眼,把他们照得泪流满面。

我将自己的5D相机换上老款20-35镜头,阿靓将A9相机换上0-200,桌上另一台A7R3挂着16-35,是助理女孩使用的设备。

"以前都是你拍特写我拍全景,现在反过来啦。"阿靓说。

"啊哈，抓拍当然 A9 好，"我站起身，"我去拿水。"

我走出宴会厅，穿过走廊，从准备室拿了三瓶矿泉水又往回走，突然上空响起响得吓人的音乐。

"仿佛是从很久以前留到今天，时不时地会在脑海中浮现，在那言语之中的言语之中，你的声音总是回响在我耳边……"

喂喂，我瞪大眼睛停住脚步，是追忆短片？虽然已经知道新人是留学时认识的，但怎么也没想到会用这首歌做背景音乐。

正这样想时，音量陡然降低，一下完全听不见了。

破烂调音师。我倚着走廊，仰头灌下矿泉水。

为了庆祝我和小琳第一次见面，魔都气象台特意发布了高温红色预警，工作日的中午，我们约在一家叫做"市民"的咖啡馆吃午餐。

天气热得匪夷所思，实时气温显示 41 摄氏度。我原本想穿见客户专用的藏青色涤纶西服，临出门换成了白衬衫和水洗直筒裤，因此耽误了一点儿时间，出了地铁就掐着表猛跑。

远远看见站在咖啡馆门口的女孩时,我的心一下子跳得很厉害。虽然是第一次见面,但我确定那就是小琳。

小琳看见我就挥起手,一下叫出我的名字。

我大吃一惊,但一点儿也没有觉得别扭,小琳叫我的样子就像碰到了十年未见的小学同学。

我回想着她的名字,试着叫了一声。

"正确。"小琳笑得捂起嘴。

服务生带着熟络的微笑,把我们领到二层的卡座。简洁的暗色空间让人心情舒畅,距离餐点还有一段时间,二层只有我们两个人。

服务生放下水走了,我赶紧掏出皱巴巴的手帕擦脸。小琳当然比我小,但不知怎么看见她就紧张,汗也出个不停。

"跑什么呢!"小琳从刚才一直笑。

"说好的时间,迟到可不行。"我把手帕塞回口袋。

"哦哦。"小琳点头。

"平时不这么穿,平时都穿T恤。"穿着不习惯的衣服,感觉自己像是变装过来接头的情报员。

"嘻嘻,我平时也不这么穿。"小琳说,"今天被老板看见,说我穿得像楼下的保险员。"

卖保险不该搭配黑色蕾丝么？如果对面坐着自己的模特儿，我立刻就要这样说，但对着小琳就不好意思，而且白色衬白色确实好看。

"这么热的天，就穿 T 恤多好。"小琳还在笑我。

"那怎么行，说不定一会儿还会碰到你的同事。"

小琳工作的出版社就在"市民"隔壁一条马路的商务楼里。

"见作者有啥不好意思的，"小琳笑，"穿 T 恤的也是作者。"

餐厅尽头通向露台的移门敞开着，凉风穿过我们涌向闪闪发亮的世界。我默默不语，"作者"两个字奇妙地攫住了我的心。

好一会儿我们都没有说话。

"我的照片，你最喜欢哪张？"我第一次问别人这个问题。

"不是一张一张，是照片放在一起变成的故事。"小琳说。

这样乱七八糟恶作剧般的照片，亏你也能看出故事来！我差点脱口而出。埋藏着的故事，多少想要有人能看见，但真的被看见了又不好意思起来。

"噢噢噢故事啊。"我的脸颊发烫,简直就像在公园里躲猫猫的小孩。

"嗯,开始不明白在说什么,"小琳说,"看着看着,看了几十页,突然一下子明白了,原来是这样一个故事。"

"这时就会停下来看了又看。"小琳说。

我的照片真会让人想要看了又看?我好高兴,想这样问,但立即又觉得这问题太自以为是了。

小琳冲我一笑,从帆布袋里抽出一叠A4纸。

我瞪大眼睛。

"因为喜欢得想看了又看,就自说自话打印出来了。看着看着就忽然'哎?'"小琳笑眯眯地看着我,"不如——"

"我们来做本书吧。"

结束了当天的拍摄,时间已过零点。我和阿靓一起坐车回市区。银发的优步司机将车开在高架道路的最高限速,窗外无限循环着相似的城市夜景。

那天午餐我们吃了什么来着?怎么也想不起来,只记得那是让人目瞪口呆的美食，市民咖啡馆只提供种类有限的简餐，但就是好吃得让人难以忘怀。

因为常常需要报销，我有保留餐厅收据的习惯，但那天连收据也没留下。

结账时小琳一把抓过账单："这儿可是我的地盘，而且——"

"而且？"

"第一次约作者见面，必须由编辑买单。"

"这可是我们出版界的规定！"小琳说得兴高采烈，让我觉得她就是为了试试说一下这句话。

"真的假的。"我有点儿不服气，但心里却暖融融的。

"这样一来，你就是我的作者啦，"小琳说，"吃了编辑的饭，作者可要好好工作呀。"

"假如要拍一个完美广告，场景是一个典雅又现代的完美咖啡馆，一个完美女孩在吃一份完美午餐，她面前的盘子里应该装着啥？"我数着划过夜空的大厦。

"色拉？"阿靓继续埋头打游戏。

啊，真是这样，小琳吃的是凯撒色拉。回想起了这点的我高兴极了。

"黑西服有吗？"阿靓问。

"下周五有晚宴，四点到吧，"阿靓说，"衬衫也要黑的，领结我带给你。"

活动摄影，说到底就是抓拍。不过我的抓拍能力会因拍摄对象的不同有所浮动。有人突然求婚十有八九拍不到，嘉宾走红毯摔倒了就一定能拍到。

皮鞋、袜子、西裤、皮带、衬衫、西服、领结都是黑的。晚宴开场前，服务外包的工作人员挤在酒店后方的员工通道等待安检。通道狭长潮湿，大家身穿各式各样的工作服，但统一都是黑色。

内场还在安全排查，之后才过来安检我们。阿靓埋头玩着最近很火的"转换"游戏机。

我从衣袋中掏出理光小型相机，举过头顶对着黯淡的通道尽头按下快门。低照度的荧光灯把大家的皮肤都映成了青色，竟然连一张高兴的脸都没有。

看着这黑黢黢的一片，心里生出一种恶劣的联想，"喂，喂！"我把拍到的照片给阿靓看，像不像是——

"太平间啊！"阿靓因为一直戴着耳机，声音大得出奇。

周围的人转头看我，这锅你背！我赶紧指着游戏机。

晚宴的工作要持续到凌晨一点，看看表，还有三个小时。我站在舞台侧前方的阴影中举着相机。紫色的射灯从低处将女人的水晶鞋和男人手中的楔形玻璃杯打出相同的光泽，我将长焦一推到底，预判着时间按下快门。

啊哈，拍到了。错位的图像里男人捧着高跟鞋喝酒，毫无疑问这是废片，可我就是高兴。

侍者端着银托盘擦着我经过，酒精的味道让我想起了一个人。

上次见到那个人是什么时候？黑暗中突然蹦出一个画面，啊，就是在晚宴上。

不开玩笑，我的前女友是名人。

她和我一样是摄影师，不不，是艺术家。和躲在阴影里拍活动照片的我不同，前女友在中学时就摘取了某个重量级艺术奖,立即被媒体冠上"天才少女"的称号。不同于那种昙花一现的少年天才,前女友在那之后以稳定的速率创作出拥有确凿价值的作品,大学毕业时已经跻身一线艺术家的行列。

我们的相似之处简直只有拿着相机和用肺呼吸这两点,直到最后我都没弄清为什么我俩会在一起。

"你,有吸引好东西的潜质。"前女友说。

这算是自我表扬?我抿紧嘴唇,确实很好,做梦似的两年一晃而过。

"然后就满足了,没有吸收。"

什么吸引吸收,说得像是谜语。

"好的东西,比坏的东西重,有时候,没能接住,可惜。"前女友断断续续地说话,难过的时候她就会这样,这让我也难受极了。

"你呀,不踏实!"前女友用上少有的强烈语气。

喂喂,说什么"不踏实",你在做艺术,我可是老老实实在做商业摄影啊。差点这样脱口而出,但又立刻意识到这正是一句不踏实的狡辩。

两年,24个月,七百多天,对方说得一点儿没错。

内脏难受地扭成一团，想立刻扑到她怀里，但又想到前女友刚刚的话。此时此刻，应该也是一个重的、很好的东西吧？我咬紧牙，用尽全力接住它。我们像阿布拉莫维奇和乌雷，隔着客厅里的木头餐桌长久地看着彼此。

再次见到前女友，差不多是分手后一年半。拍着某个大型艺术奖的颁奖晚宴，突然就看见她走上了领奖台。

哎？明明在获奖名单里没有看见她的名字，但很快明白过来：前女友是颁奖嘉宾。

没看见吧？没认出吧？我一直用相机挡着脸。拍摄终于结束了，我和阿靓打个招呼匆忙就走。

"青也。"

真是冤家路窄，离出口只差10米，我被前女友叫住了。

"噢！"我答应了一声就全身僵硬，像是逃出网吧的中学生被过来抓人的班主任逮了个正着。

如果是前女友本人获得艺术奖，这会儿还能说上两句祝贺的话，可现在总不至于说"你真会颁奖"。

前女友穿着晚礼服，手中捏着像她本人一样细长的玻璃杯，我穿着一看就是工作装的廉价西服，此刻被斜挎着的大型摄影包扯得变形了，手里抓着喝剩一半的矿泉水。

面对面站着的我们简直是"摄影师"这一物种可以到达的两极。

周围的人们投来好奇的目光,我的大脑一片空白。

"啊,啊,你,你。"

"你这一年在干什么?"

前女友语气平和,完全不是诘难,我却立即像是脖子里被塞了一把草,只想缩小倒退着溜走。

前女友有着柔和的五官,眼神却非常严厉,只是被那双眼睛看着就像在挨批评,完全挪不动脚。

"青也?"

出人意料的声音,我立即转头,啊,又能说话了。

"这这这是——"我久违地说出前女友的名字,"是影像艺术家。"

"这是——"我想着怎么介绍。

"我是青也的编辑,"小琳取出名片,"正在制作他的摄影书。"

前女友读着名片,眼神变得柔和了一点。

主办方的人就在这时向我们走来。

"祝顺利。"前女友离开前对我们说。

我和小琳一起走出宴会厅，我低着头走在前面，小琳走在后面。

魔都的夏夜树影幢幢，我们一言不发，走过一个又一个的路口。好重，背带勒得肩膀发痛。走不动了，走不动了，我在音乐厅前面的高台阶上坐下，小琳默默坐在我的身边。

"最讨厌黑西服！"我突然说出了这句话。

最讨厌黑西服。前两年的酒会还允许穿纯黑的运动服，现在只允许穿西服了。

主办方希望用服装拉平大家的区别，表现和谐美好，但又要用颜色告诉所有人，他们只是工人。活动摄影绝对属于体力劳动，工作时常常需要大幅度移动身体，强迫我们穿着物理上不合适的服装干活，这不就是那啥"阶级霸权"？

每次穿上纯黑的西服前去工作，心情都像参加葬礼，那不是他人的葬礼，而是我自个儿的葬礼。这样垂死挣扎的自己连自己都不想看见，却被前女友和小琳看见了。

"最讨厌黑西服！"我说不出其他的话，只想把全世界的黑西服都做成拖把。

"黑西服也很帅嘛，"小琳小声说，"穿黑西服的也有很厉害的人。"

"哪有！"

"多少也有的。"

"比如？"

"比如——那个鲁邦的搭档？"小琳说，"那个神枪手。"

呃，是说次元大介么，我哭笑不得，"可我想做鲁邦呀鲁邦！"

"好好，你做鲁邦。"

"那你做Fujiko！"

"好，我做Fujiko……"

活像妈妈和小学生的对话。但居然就有了效果，燥热的情绪一点一点涌出皮肤，浸入了蓝汪汪的夜空。

今天是偶然和同事换班来拍这个晚宴的，不知前女友是怎样，小琳又是怎样，我想着各种各样的事情。

桢树的白花散发出特有的清香，远处高耸着的树影，是香樟吧。树冠在夜空中轻轻摇曳，我在心里倒数，从七数到一时，摇晃树冠的凉风吹上我的脸颊。

"为什么会做编辑呢？"我问小琳。

"是呀，为什么呢，"小琳笑，"小时候明明最想当邮递员来着。"

"但邮递员这个工作已经快消失了吧,"我说,"要么快递员?"

"不一样不一样,"小琳说,"邮递员和快递员不一样。"

我想象了一下深绿色的邮递员和红黄蓝的快递员,确实不一样,但又说不出那根本性的一点。

"邮递员送的可是信呀。"

"啊。"我明白了,就是这么简单。邮递员送的不是洗衣液、卷筒纸,也不是汉堡包、T恤衫,不是鲜花、蛋糕,虽然是人们的话,但也不是电话那样的一段声音。邮递员传送的是人们一笔一画写在纸上的,像是某种证书一样的话。

"但人有时也会碰上无法写信的时候。"

我默默听着。

"有时是不知道怎么写,有时不知道对方在哪儿,有时连对方的姓名都不知道。"

我的心里莫名难受。

"但无论如何都想要传达什么的人,还是想出了一个办法。"小琳看着远处微笑。心突然咚咚直跳。

"拍摄也好,写作也好,人们将那些未能说出的话——变成了故事。"

一瞬间许多东西胀满了我的胸口。

所以你是编辑。我瞪着小琳。

嗯，你的编辑。小琳微笑看我。

我站起身，向着绿地走了几步，站在那儿，盯着两株石楠使劲儿眨眼睛。

转身再走回来的时候，小琳坐在台阶上等我。

"这本书可以不出吗？"我说。

小琳歪过头看我。

我笔直看着她。

"我要拍长的故事。"

我要拍长的故事，和现在的这些短故事相比，我有更想说的话。和前女友分手的时候，我将几万张照片投入了我们的对话框，一直发到被拉黑，一句话也没有说。我要拍长的故事，拍下台风到来的那一天，持续上涨的水面漫过堤岸。在那河与岸之间有一个长的故事，一直在那里，一直在等待着被说出。

小琳轻轻叹了口气，翻开日程本，用签字笔顶着下巴尖。

"14天，"小琳盯着日程本，"如果能在14天里拍完的话，领导那边我去商量。"

"能拍完！"我说。

"嗯，拍吧。"小琳说。

——日以继夜的工作真是辛苦，不管当天的工作多晚结束，靠在被子堆成的沙发上，我都要给小琳打电话。

"今天拍了424张。"

"今天216张。"

"今天1023张。"

"今天拍了11张。"

"嗯，给你看那个很好吃的猪排饭。"小琳从不问我拍了什么，每天的通话都是闲聊，跟我说些天气、食物，发给我看办公室窗台上水生植物的照片。

对于逃离了台风的人来说，再次回到风中真不容易，每天和小琳的电话就像系在腰上的安全绳。我一步一步向风中走去，拼图般搜寻着散落在荒原中的重要之物。

"今天顺利的。"虽说算是顺利，但也极其艰辛，连明天能不能再继续下去都不知道，每天最简单的念头就是明天也要对她说出"顺利"。

"好呀。"小琳说。

小琳从来不说"加油""抓紧""还剩3天"这样的话。

每天的半小时，小琳到底说了些什么？那是充满魔力、鼓舞人心的话语，又极其日常，以至于此刻竟然一句都想不起来了。

尽管每天都说顺利，14天也完全不够，我咬咬牙告诉小琳。

"不要着急，"小琳说，"我去想办法。"

延期两次，一共用了42天，我终于完成了216页的故事。

向着台风的天空按下快门，最后却发现那并不是说给特定之人的故事，也不是什么"送给自己"，那是对于出生至今堆积在人生中的全部疑问，世界赠予的回答。

洗完澡看见两个未接来电，都是小琳，我立刻打电话给她。

"很好的故事呀。"小琳说。

"你喜欢吗？"

"嗯，真的很好。"

我有些不好意思，小琳第一次这么直接地表扬我。

"嘻嘻，看到文件吓了一跳，"小琳笑，"还以为是给我的故事。"

"啊,那个呀,随手写的。"

文件夹的名字被我简单地叫做"给小琳"。

我"嘿嘿嘿"地傻笑着,连日的高强度工作让大脑有些迟钝,一发出邮件,身体就像被抽掉了线的木偶。

"累了呢,"小琳说,"快去休息。"

"嗯。"确实累,连动一下手指的力气都没有了。

"好好睡,"小琳说,"之后就看我的了。"

过了小雪,气温在 2 摄氏度徘徊,始终没到零下,邋遢的雨淅淅沥沥下个不停。

中午阿靓打电话给我,今晚衡山那儿有个活动要摄影师,但预算只有平均水平的一半。

"因为是书店的活动,所以想你可能会愿意拍。"阿靓说。

"嗯,拍的。"我说。

出门时雨势转急,我在六点半赶到书店,店内一片漆黑。已经在放幻灯片了?不是七点开始么,我急忙往里走。

"出版分享会在哪儿?"我向一个穿书店围裙的短发女

孩打听。

"是今天的摄影师？"女孩问。

"对，"我急匆匆地掏着相机，"已经开始了？"

"哼，"女孩给我看一张 A4 纸，"刚收到的。"

"设备检修通知？"我凑近看内容，物业管理公司通知要对故障设备进行维修，从五点半开始停电停水，恢复时间不明。

"那活动，"我抓着脑袋，"还拍吗？"

"活动继续的。"女孩说。

分享会从活动室转移到了店内，主题是：一本书的诞生。

"嘿，这样感觉还更好了，"站在中间的男人说，"书嘛，原本就是在黑暗中诞生的。"男人轻抚手旁的书架。

"一本书要怎样才能来到这里？"

一项项地列举出来，才明白那是多么庞大、复杂又危机四伏的旅程，在 RPG 的历史上都没见过这么可怕的迷宫。一个故事再怎么勇敢也不可能独自穿越这一切。然而就像每段冒险之旅，在那段旅程中呀，在那段旅程中——

"所以，"男人笑，"让我们照亮书。"

人们举起手机电筒，一束束锥形的光束投射在书堆上，远远看去仿佛悬浮在宇宙中的星团，书美得像是来自久远时代的艺术品。

一个小男孩伸出手去——书页翻开的瞬间，纸面放射出柔和而强烈的光芒，我从取景器里确认着那不可思议的光线——是书本身在发光。

"书店明天就要关了，"短发女孩说，"这些都是来告别的读者。"

好安静，人们挤满了书店，在那饱含着千言万语的沉默中，只有书页翻动的沙沙声。

"打开我吧，"书说，"就算一下子读不懂，读不完。"

"每一本书都期待着被打开，"书说，"甚至是封存于赫里福德大教堂图书馆中的那些被铁链紧锁的书，也在期待着被打开。"

结束工作时，我要求将拍摄费换成同等价格的书。

女孩有些惊讶，又立刻露出微笑。

"还有一个问题，"我说，"可以用编辑的名字找书吗？"

"不知道作者书名，只知道编辑的名字？"

"嗯。"我说。

女孩摇了摇头。

从书店出来回到地面，刚才的暴雨已经停了，地面上没有留下一丝积水，让人觉得这座城市像是建在沙地上一样。冷锋过境，空气凉得像冰，我扫了一辆自行车，擦干坐垫，将装满了书的双肩包挂在胸前。

好重。冷风吹得耳廓发疼，但被书包紧紧压着的胸口却热乎乎的，那重量从肩膀直达膝盖，我一次又一次用力踩下踏板。

我们的合同是在出版社旁的小公园里签的。夏天热烈的尾声，坐在枫树下的小石桌边，小琳把自己的钢笔递给我。

小时候我也常在公园的石桌上做作业。面对细心装订的合同，心情像是面对着打开的作业本，那不是数学簿，也不是外语簿，而是崭新的周记本。

小琳坐在对面，微笑看我，有一点儿疲倦，像连夜批改了作业的实习老师。小琳要再一次解说条款，我制止了她，握着钢笔签下自己的名字。一片枫叶落在纸上，我顺手拿起夹在纸中。

"呼，这就好啦，"小琳说，"一起喝一杯吧。"

我们在旁边的便利店买了罐装生啤,回到梧桐宽大的阴影中找了一条长凳坐下。小琳坐在我的右边,微风吹来淡淡的清香。

"青也是在哪儿长大的?"小琳问。

"长洲。"

"唔,长洲呀。"小琳说,"我在古都。"

"嗯。"我点头。

我们都离开了自己出生的城市,追寻着什么来到魔都生活。又因为故事的原因,此刻坐在了同一条长椅上。

在那之后我们很久都没有说话,从远处看大概要被当成闹别扭的年轻人,但如果走近的话——没有人走近。

我突然想拍小琳的照片,很想很想。

草坪的那头,灌木丛中走出一只可爱至极的小猫。拍过许许多多照片的我明白,好的照片是心中"咯噔"一下的瞬间,立刻就这样按下快门。特意靠近,走上去拍,一切就都不一样了。这时候应该放下相机,静静等待下一个"咯噔"到来。

下次,下次的时候……我像中学生一样许下了夏日的心愿。

工作日寂静的午后，远方不着纤云的青空中，不知道名字的大厦耸立着楔形的尖顶，我们一边眺望着那片小小的银光，一边将冰凉的啤酒灌入喉咙。

那是我最后一次见到小琳。

"送给你。"离开书店的时候，短发女孩追出来将一本厚书塞进我的怀里。

那是一本关于信的书。

"第一封信是斯维塔写给列夫的，写于1946年7月，最后一封是列夫写给斯维塔的，写于1954年的7月。列夫在伯朝拉期间，他俩一共写了一千二百四十六封信。六百四十七封是列夫写给斯维塔的，五百九十九封是斯维塔写给列夫的。

"两人在信中写了自己的工作生活，所见所闻，但浪漫的情感却写得很少。如果敞开心扉，对方听了心头难免会沉重，所以双方都避免说到那个字。但是有的时候，这些情感会禁不住倾泻到纸上，令人恍然大悟，原来这是一对男女恋人的信，他们在热烈地相爱。"

"我觉得自己生活在时间之外。现在好像只是一个插曲而已,我仿佛在等待着,等待我的人生真正开始的那一天。斯维塔。"

冬至将近,阿靓打电话给我,有一笔拍摄款怎样也收不回来。客户不说哪儿不满意,只叫摄影师再去一次办公室。

穿过玻璃钢结构的长廊,巨型办公桌的后方坐着一个穿赭色西装的中年男。我拍摄的照片已经制作装框,此刻靠墙放着,照片中的男人和现实中的男人以相同的眼神看我。

"这照片拍得不行。"男人说。

"拍摄当时您确认过吧。"

"当时看着挺好,这样放大了挂起来就感觉不行。"

"到底是哪儿不行呢?"

男人盯着照片看了又看,"总之不行,要是用这张照片,客户都得跑光。"

"互联网金融什么我不懂,"我摊手,"但照片只是对现实的物理性反射呀。"

"不对,照片能把人拍丑,也能把人拍美。"男人挥起手机。

"您是说萌图秀秀?"我不无认真地说,"但我们这样的中画幅肖像相机,拍出来就是这么回事。"

"你是说,这才是真正的我?"一步步向我走近的男人越看越像一只昆虫——像捕鸟蛛。录音APP一直开着,我等待着他的行动。

像昆虫的男人,我也不是第一次遇见。

首先螳螂肯定是益虫,确保农业丰收,促进经济繁荣都靠它。

我和自称热心读者的螳螂隔着日料店的小桌子坐着。

"天才之作!感人至极!"螳螂伸出十指在空中摇动,"要说是我们这个时代的'感伤之旅'也不为过。不不,'感伤之旅'是以进行时拍摄的,而'台风'则是追忆,有着更为鲜活的情感表达,这真是太……"

螳螂的每句话都令人汗颜,但我更好奇的却是另一点,他是在哪儿看见了这本未出版的作品?

"噢噢,诚恳出版的人正拿着这本书到处给人看,到底是难得一见的杰作。"螳螂说了一个我知道的名字。

"青也老师还不知道吗?"螳螂注意到我的表情,"他们希望在出版前就卖掉影视版权。"

"噢噢，知道的。"我支吾着，想起合同里似乎是有关于影视版权的条款，怎么说的来着？

"厉害呐，这部作品的影视版权至少能卖一百万，"螳螂说，"要是让更专业的 IP 公司来操作，卖到三百万以上也很可能，毕竟是独一无二的摄影小说。"

"钱什么无所谓的。"我当真这样想，重复使用一下咖啡滤纸真的无所谓。

"那是那是，将作品完美地呈现给世界才是最重要的事，"螳螂说，"不过，如今到底是商业社会。"

螳螂压低声音凑近："我听说，如果不能卖掉影视版权，诚恳出版就不会推进这本书的出版呢。"

我挺起背，螳螂出手了。

"这样的杰作一直压在箱底太可惜了，"螳螂掏出名片推过桌子，"说不定我能帮上什么忙？"

热心读者变成了新兴版权公司的 CEO。

"噢噢，我已经签好合同了。"我说。

"书到底还没出吧？"螳螂盯着我，"说好的出版日期是什么时候？"

我不说话，约定的出版日期是前女友生日前一个月，距那时已经过去了半年多。

"很快就做好了。"我说。

"况且这样的杰作，光是出一本书怎么够？"螳螂从西服里掏出一叠名片，玩卡牌游戏似的将名片一张张列在桌上。

"国内最大的出版集团。"

"最大影视公司。"

"最重量级的艺术杂志。"

"最大美术馆。"

打出四张卡，螳螂停止动作："这样一来，整个艺术圈都会看见的吧。"

我想说"您已违反广告法"，但却无法说话，我盯着螳螂，他的手中还有一张卡。我直觉那是一张真正的王牌。

这张打出来，可不太好。螳螂盯着我。

试试看。我梗着脖子。

螳螂放上最后一张名片："这位编辑，好像就要离开诚恳出版了。"

只要往桌上一拍，这些纸片全部会在一瞬间被吹走！

可别小看实验小学的洋画大王！我在心里大吼，一边在桌子底下捏紧双手。

"菜菜也是很好的编辑呀。"小琳的声音在电话里听起来远远的。

"但是……"我想说，这是我们的书啊。

"哎，本来想全都安排好再和你说。"小琳说，"菜菜比我资深，是我也放心的编辑呀。"

"但——"我想说，我只想和你，和你一起做这本书。

"为什么，这会儿，要回去呢。"

"这样那样的事呀。"

"真的，不走，不行么？"我都快哭出来了，一下想起过去那个软弱的自己，心中一阵逆反。

"不会是要回去结婚吧？"脑子"咔"的一下，直觉就是这样。

"嘻。"小琳不回答。

我什么也说不出。

"放心放心，一切都由我去交涉。"螳螂说。

最后的那个电话里，小琳不停安慰着我。

"过去也有这样的事，没事的。"小琳说，"是你的故事嘛，要怎么处理是你的自由，而且合同过了那么久，我也没能把书做出来，是我不好。"

"能在那么有名的公司出版很好呀，"小琳说，"不知那里的编辑会做出怎样的一本书。"

"我们的封面，也不用了么？"最后的电话里，小琳一个人说个不停。

我一直咬紧了牙，什么也没有说。

在这样的时刻提到你，好像是理所当然的事。但对于我来说却是第一次，虽然非常不好意思，我还是想认真地说出我的感谢。

我们是在什么时候，怎样遇见的呢？那好像已经是很久之前，又像只是昨天的事。你对我说过的第一句话是什么？那大概是微笑着的"你好"。

难以解释我们的相遇。世上的梦想多如繁星，又常被雾霾遮蔽。我所发出的微光、细小的呼唤，为什么会被你听见、被你回应？你就这样微笑着，将人生的一部分交给我说：我喜欢你的故事……

——读不下去了，我删掉了为发表会准备的稿子。

书稿到手之后，螳螂立即进行了铺天盖地的宣传，连小学同学都看见了打电话给我。然而最后并没有做成书，也没有做展览，没有卖出影视版权，除了宣传之外，什么都没做。

"说实话，"螳螂面对我的质问时这样说，"我要买的就是一个故事嘛。"

"那——"我只想问为什么没有做成书。

"呃，是用来讲故事的故事。"

"……用来讲故事的故事，"我还是迷迷糊糊，"给谁？"

"投资人！"螳螂歪过三角形的脑袋，仿佛在说，社会人连这点道理都不懂？

"理想和现实当然有点儿出入，但仔细想想还是赚了嘛。"螳螂说，"给诚恳出版，三万差不多了吧。"

"加上合同规定的违约金，我一共给了你，11.2万哟。"

这是我们最后的对话。

深蓝色连衣裙的女孩拿着脑科片子。深红书包的妈妈指挥粉色外套的女儿钻闸机。接吻的校服情侣，女孩睁着眼睛看我……站在地铁里，靠着杆子一站站地晃动，那是漫长得像人生一样的地铁，从地下到地上，再次地下地上，雨点打在车窗上，留下的水纹又被后来的雨点打去，远空铁塔，高速列车……我什么都没有拍，除了最低限度的工作之外我什么都没有拍。

遇上收支问题，我就卖掉过去收集的镜头。每个摄影师的家里都堆满了相机，虽然数量不同，但堆相机这一点是相同的。转念一想，同为创作者的作家房间里却不会堆满钢笔。编辑的房间里应该也堆满了书吧？这样想着的我，不知怎么就很想看书，跑到豆网荐书单从上往下看，就算常常看不懂，也一本接一本地看个不停。

每本书都有一页没有页码。在像是某种证书的这页上，有两个名字永远紧紧地靠在一起。

拍摄生鲜电商的工作时，电话突然响了，来电人显示"小琳座机"。鸡蛋差点儿脱手，我向周围的工作人员打着招呼跑到出口，深呼吸一口后接起电话。

"您好，诚恳出版，"年轻的女孩说，"您在'爱生活爱阅读'的留言点赞数入选了前十，请来领取由我社提供的奖品。"

拍摄在上午十一点半结束，客户邀请我们摄影组午餐，一起"把刚拍的东西都吃掉"，我向大家致歉，一个人先走了。

诚恳出版社还在那幢商务楼里，楼下是保险公司。按下电梯楼层时，指尖无意识地一颤，我将手指长久地停留在那里。

诚恳出版社是古典又现代的优秀出版机构，我在前台填好问卷，关注上出版社的公众号，拿到了热心读者的奖品。

"谢谢，再见。"前台女孩向我挥了挥手。

我和穿西装的保险员们一起涌出电梯，走出大楼，和他们走向不同的方向。

大楼旁的小公园正在封闭改造，空旷的人行道上方，梧桐的枝桠伸向深冬的天空。多云的天空看起来比晴空更为明亮，那不甚均匀的云层，强烈地表现着光的存在。

市民咖啡馆停业了，只在玻璃门内侧贴着一张告别感谢。我扒在玻璃上向里看了一会儿，一个穿天蓝色外套的小女孩跑过来，替换了我的位置在那儿扒着。

我继续往前走，在一家叫做"房子"的餐厅前停步，走了进去。

服务生把我带到二楼的卡座。简洁的暗色空间让人心情舒适，二层的尽头是一扇通向露台的玻璃移门。

"有凯撒色拉么？"我问。

"有的。"服务员爽快地回答。

凯撒色拉的凯撒不是指那位罗马皇帝，而是指"上世纪二十年代在墨西哥蒂华纳开餐馆的意大利裔美国人凯撒·卡尔迪尼"，这是从村上春树的书里看到的，属实与否不得而知。

我将手机合在桌上，静静等待。

色拉上来了，新鲜的长叶生菜和炸面包丁、帕尔马干酪、蛋黄一起装在纯白的瓷碗里。

"叮咚——"刚关注的公众号还没关掉提醒，这会儿跳出了一条推送。是诚恳出版社制作的新年特辑，今天视频的主题是"编辑是什么？"

视频一看就是用历史资料剪的，画质感人。男女老少的编辑们依次出现在视频中，哈哈，这段不会还是VHS录像机拍的吧？我边看边吃，叉起一根生菜放进嘴里。

"编辑不只是修改错别字的工作。"忽然听见一个声音，我瞪大眼睛转头。

"也是关于相信的工作。"那个人总是笑眯眯的。

"在荒野中遇到一颗种子，相信它包含着的美丽可能，努力陪伴它，守护它长大，这就是编辑的工作。说起来，我最近遇到一个不错的作者呢，虽然现在还很幼稚，但相信总有一天……"

"啊啊，色拉，太好吃了，"我对目瞪口呆的服务生说，"真的，太好了。"

那棵草，看见过的。

视频里的小琳小心翼翼地托着装在玻璃杯里的水生植物，微笑看我。那双眼睛好像永远那么明亮。

那天晚上我梦见了小琳，那是美丽得无法用语言形容的梦，我从梦中哭醒了。

太阳还未升起,深沉的蓝色像热带的海。窗玻璃下方结着细细的水珠,上方清澄一片,我怔怔地眺望,在那仿佛冰结了的深冬天空中,画着一道纯白的航迹云。

沉甸甸的美好长久地留在胸口。我是否,也在对方的心中留下了同样重要、同样美丽的东西?

写字台上放着一年前终止合同时从出版社退回的资料。一起寄过来的还有小琳的钢笔。告诉过我"说不定以后我也会写点什么哟"的小琳,在期待着什么?

只有我知道小琳去了哪儿,我决定不告诉任何人。

"当故事能从最坏的世界中提取一小片纯粹时,一些几乎不可能存在的事物被保留了下来。——编辑推荐。"

丁酉年即将过去,我在会展中心和阿靓的团队一起拍摄了四百桌的年会。晚上11点时,我结束了摄影的工作。

"麻烦你啦,"我将收拾整齐的相机包递给阿靓,"多少钱无所谓的。"

"嘿，说不定我就买下来自己用了。"阿靓笑。

"工作室可用不上这么旧的器材。"我笑了。

"哎，"阿靓问，"想好了么？"

"嗯。"我眺望着大厅那头正在拆卸的舞台。

"之后做什么？"

"写小说。"

告别了大家，我一个人坐着末班地铁往家赶，临近新年，车厢里空荡荡的。换线的列车已经停运了，就从静安寺出站走回家。踏出8号口的瞬间，迎面扑来奇妙的空气。

啊，下雪了。

大片的雪花从天而降，路面已经积起了像样的一层。扑入城市的雪花白得梦幻，让人几乎忘了它也拥有重量。我伸出手去，一片小小的雪花落了在我的掌心，我久久地凝视着它。

我和小琳一共只见过三面——

"喂，谁说只见过三面，"忽然就听见声音，"明明还见过一次嘛。"

我抬起头,不知不觉已经走到了展览中心门口。

啊,想起来了。是还见过一次,就在这个路口。

那是个热得不可思议的夏日。不知为什么,我和小琳所有的见面都在炽烈的日子,夏天像是永远都不会过去。

"很快就出来了,"小琳从会场里发来消息,"不着急哦。"

"嗯。"不着急的,等你多久都不着急。

"喂,我做的书拿了最美图书奖。"

"太好了。"我很高兴。

"所以现在我就是最美图书编辑啦,最美图书编辑,明白么?"

"哈哈哈好吧!"都是大人了还玩这么幼稚的文字游戏,我非常不好意思,没能说出心中的话:是的,你是最美的。

魔都的夏季像活力过剩的少年,一眨眼雨点就打着树叶噼啪落下。我不禁看呆了,那是顽皮、梦幻、灿烂的雨。

"喂,喂喂,没有伞吗?"忽然远远看见小琳跑过来了,跑过来了,我举着伞手忙脚乱地往前走。

小琳抱着我们的校样扑进我的伞中。

仲夏夜的梦

彭 扬

彭　扬　小说家，创业者，出版小说《故事星球》。

庞克喜欢醒着做梦，特别是在那一年仲夏。日光镶满宝石，让他晨跑的小径笼罩着彩虹色的温柔。月影像神话一样远去，只留下只言片语的清凉。梦仍在那里，在轻风中的森林和草坪上闪烁，天光和云影正在为它保驾护航。当他跑过五光十色的玫瑰花圃，梦中的渴望、风暴和羞涩便以迷人的姿态，在鼻翼翩翩起舞。

早晨的故事不该就这么结束。回去以前，他要坐在紫钰山庄辽阔的人工湖畔，看一面巨大的银色镜子上泛起传奇似的涟漪。湖中彩鱼的呢喃，是通往梦境深处的信号；湖上天鹅的翅膀，是远方的王国邮寄给他的邀请函；湖边梅鹿的眼睛，透露着人生的秘密，这些秘密事关世界的美妙，因为苍穹已经变成了一个打开的礼盒，亮钻一样的光芒让他的身体也跟着楚楚动人。

带着闪耀的心脏，庞克走进房门。利加雅已经做好了早餐。利加雅就像太阳，带着菲律宾人精明的热情，早晨在东边的西式厨房升起，中午在中式厨房占地为王，傍晚则落入西侧阳台旁的保姆间。洗完澡换完衣，庞克被利加雅招呼进厨房，大概在这大宅当中，他毕竟是属于人畜无害的存在，所以利加雅对他如同十里春风。但很快，小姨和姨夫也来了，利加雅便像一只发现敌情的猫鼬,立刻变得毕恭毕敬起来。

小姨满脸倦容。她刚从一次巡回全国的"拼盘演唱会"中抽身,早晨却又如此不合时宜地来到,让庞克看着心疼。他能想象,舞台弥漫着姹紫嫣红,浓妆艳抹的主持人煞有其事地请出"民歌天后"或是"登上春晚十次的巨星",而无论哪一个称号,都会让小姨疲惫不堪。不断地重现过去的辉煌是在郑重其事地提醒她风光早已不再。但小姨要的不是满园春色,她要的是樱桃的味道。她唱歌,只是因为她想唱,即使这意味着藤条飞扬——当她放弃歌舞团的编制飞向艺术的天空,外公双手燃烧着火焰,用愤怒抽打着她二十五岁时的硬骨头。

过瘾,到底是个劳顿身心的体力活。在小姨的辞典里,跋山涉水没有止境,但对结了婚的女人来说,家在某种意义上,就是终点。所以她穿着睡衣,优雅精致地坐在姨夫身旁,坐在朝阳的影子里,而奔劳,让她的脸上有种神秘的快乐。

姨夫的脸是一整张报纸。即使庞克闭着眼睛,也知道那里正红光满面。近日,姨夫的房地产生意开了挂,私募投资的清洁能源企业敲响了上市钟,他挂在嘴边的,当然还少不了大手笔买下了纽约 432 Park Avenue 九十四楼的整层公寓。每到这种时候，他嘴里说出来的就成了星星，手里握紧的便是万物的真理，而他自己，理所应当也就是宇宙的中心。这种不加掩饰的优越感，又名财富撞击的脑震荡，让庞克总想逃离。

"下午跟我去打高尔夫，该学学了。"姨夫的脸仍然是一张报纸。

一句邀请，都带着审判的色彩。

"我有活动。"庞克只惦记着闪耀的心，连最后一口果汁都是璀璨的。

"又去混日子？"报纸翻了一张脸，"都混一星期了。"

"没混。没混日子的本事。"庞克不想再喝那口果汁了。

小姨眼睛眨得玲珑，把果汁又推给庞克，让他重新拿起来："什么混不混的，庞克的朋友都是艺术家，去去挺好的。"

"艺术家？"报纸纹丝不动，"在北京，人人都是艺术家。"

庞克拿着果汁，也纹丝不动。

"未来不是混出来的。等你想明白了，就知道该干什么，该和谁在一起了。"

"他才大三！"小姨停下刀叉，"未来也不是训出来的。"

果汁的残骸最终被放回餐桌，庞克已经在心里为它举行了葬礼。

"反正不当商人。"庞克拿起外套，对小姨和利加雅挥挥手，朝大门走。

"等等，让利加雅去开车。"小姨站起来。

"不用，我坐公交。"

沉闷的一声，大门成了墓碑。

报纸放下了。喑哑的玄关正在瞪着姨夫。

"我像他这么大，都赚钱养家了。"他看看利加雅，刻意地。

利加雅把洗碗的水龙头拧大了些。

小姨还在瞪他。

"看你和你姐惯的，没样子了。"他没轻没重地瞥了眼她。

小姨一把端起色拉，一个人上顶楼的花园去了。

庞克走在夏日的风光里，在庄园广袤的草坪上长征。他确定悔恨已经具备了核弹的威力。他答应老妈的唠叨时就该想到，暑假不是瓦尔登湖旁的小木屋，而是蓄谋已久的商学院。他看到不远处摇头晃脑的小马驹和小羊驼，很想坐在中间，和它们好好谈谈。但他不能就此止步，得跟上风中的少年，巨型的白色郁金香正在冰蓝色的天空诱惑着他，太阳让每个枝头都坐满了橙红的狐狸，它们吹着闪光的笛子，提醒着他，加快脚步，大地和自由的历史一样源远流长。

斑驳的树影摇晃出梦的影子，庞克被这仲夏的梦塑造着。

文联招待所所在的珠光宝气的国贸地区披着苍老的影子，藤蔓是翡翠蝴蝶，成群地停靠在楼墙的皱褶上。它是庞克心中翻转着奇迹火焰的魔方大厦。这些天，因为一本文学选集，年轻又迷人的灵魂们乘着诗歌和小说，从天南海北相聚在这里。他们拧在一起，哭哭笑笑，把酒言欢，在白日的圣殿里相互取暖，在夜晚来临时渴望早晨，林林总总的宣传活动也不过是没有度数的酒局，他们你来我往，毫不谦让地给日子镀着金边。在这样的时刻，庞克的钥匙找到了丢失已久的门。

由于经费缺斤少两，外地的作者被装进了诺亚方舟。船舱教室大小，通铺男左女右，行李箱在墙角坚贞地站成一排，未干的衣物晾在半空，如多姿多彩的旗帜飘扬。庞克走进这部印度电影。世界是残酷的，所以他们才买了船票来到这里。

没想到乔飞和小梅早就到了。他们或许是赶最早班的地铁从大兴过来的。可昨天两位诗人明明在这里待到深夜，在学校附近那间粗陋逼仄的情侣屋外，房东最不待见的就是夜游的孤魂野鬼，早已让合租的四合院大门紧锁。醉意还没从他们的脸上退潮，衣裾四处林立，仍旧亢奋着，庞克知道，昨晚他们更可能是在这儿将就的。他们正和荣荣一起，坐在高高的被子堆上，听她讲那过去的故事，见庞克走过来，乔飞便摇摇欲坠地站起来，挥了挥彻夜未眠的细胳膊。

南方姑娘荣荣是十五岁的老作家。她住在招待所的单间，还得写暑假作业。成为圆润的小学生以后，她便在大报大刊开了专栏，小说集也出了两本。有人对"天才少女"的光环嗤之以鼻，把人参娃娃当成邪魔妖道，但庞克看到了早熟漩涡中孩子的眼眸。她谈起自己独自在家，对着镜子劲歌热舞时，会笑得克制却烂漫；当她得知回家的机票有可能变成一张空头支票时，又让眼泪像巧克力豆一样亮晶晶地挂在了脸上。

天才都是脆弱的。他们像奇妙的晶体一样美不胜收，却又可以在顷刻之间支离破碎。好在她有个彪悍的妈妈以一种古灵精怪的方式呵护着她的天赋异禀。为荣光而战的少女衣锦还乡之后，庞克为了邮寄照片，给她打过两次电话，她妈便在电话那头大喊："你男朋友来电话了！"

庞克坐在被子山下，眼见一场栗子和可乐组成的评审会正在进行，评选的对象是中国文学大师名单中的赝品。作为一名临时受任的评委，他已经迫不及待地要来行使自己的投票权。

就在结果难分高下的时候，马哲来了。他带着风尘仆仆的气息，开始拜访屋子里每个自得其乐的国家，向三两成群的国民宣告着什么重要消息。马哲比他们都大，但其实也就大几岁。他是文集的张罗者之一，地地道道的北京人。只要报社没事，他就和责编一起驻扎在招待所挤满样书和资料的小单间里。大事小事在他热情的笑容里都不是事儿，这源于他有个皮实的身体，还有颗皮实的心。他憨态可掬的肉身里有个精巧运行的神秘系统，事儿做得周全，懂得进退和分寸，不会故意讨好，也不会疏忽冷淡。在文人堆里，他算是个计算机式的存在了。

马哲走过来，蜻蜓王子移走了野被山，把维权的胜利果实——写着航班信息的卡片递给荣荣。这张卡片是日历的替身，提醒大家一个告别的年代正迎面走来。

"还有两天，就要各找各妈了。"小梅低眉垂眼，"时间肯定是被你偷走的。"

"偷走的时间我都攒起来了，往后连本带息再还给你们。"诗人马哲说，接着他摇身一变，成了活动家，"明天我订了个馆子，神偷也得给大家鞠躬谢幕。"

"想想也是一场眼泪的盛宴，精气神儿都没了。"乔飞一句三叹。

"没了就没了，我会叫一个精气神儿来。"马哲想想，又说，"你们谁有空，去接下，我得跑个采访。"

乔飞狐疑地看马哲："幼儿园小班还是大班的呀？"

"北京原装的，算是一特产。"回答是个亮黄的笑脸，"特色是易走失，这一步还在百花胡同，下一步就在九天的月亮上了。"

"我去吧。"庞克想当勇士。现在，他是时间的首富，没有什么比投资奇人异事更有成就感的了。

庞克是想过开车去的。但无论哪把挂在姨夫家的车钥匙，看他都像个罪犯。

他不想让身世背上污点，就在良辰吉日到来之时，搭一辆的士，疾驶在夏日斑斓的热风里。接头的地点在什刹海，那里是时空错乱、绚烂绮丽的游客和老外的部落。在柚子书店旁，花店门口的紫罗兰和红蔷薇调慢了摇晃的钟摆，波斯菊和风信子打发着喧哗的浪花，它们只想专心致志地为行人重新换种颜色，和生长的万物一起装点着光芒四射的夏季。

书店像本千书之书。庞克推开这个柚黄色的世界，一眼就看到了祁妙。因为她是一团粉红色的火。淡粉的短发和玫瑰粉的连衣裙构成柔美的火焰；天蓝色的轻薄牛仔外套卷了双袖，摇曳起幽秘的蓝光；黑色的裸踝凉靴树立着威严，仿佛要将一切轻浮的挑逗拒之门外，而与口香糖一起跳舞的牙齿又在不断地把人拉近，让他看清在火的烤盘上，连沉默都是激情万丈的。

粉裙子半挂在高壮的书架上，她要轻抬倔强的下巴，照亮手捧的诗集。庞克走向前方的不良少女，却又感觉到她无比的高贵。她英姿飒爽地站在属于自己的辽阔领土上，黄金的血液在身体里流淌，梦的马匹就停在辉煌的城堡下，她的长裙像朝霞一样落满了山丘。

废话也被烧得干干净净，三言两语，他们就找到了彼此。

高银的诗集在她手中开口说话了。

"过来，听听这句——"

某天是一片汪洋

竟有几个人从那里生还

活着，多像看不见一叶银帆的大海

庞克坐在了海中央。

可祁妙又把大海放生了，让它回到原本的居所。她像音乐盒中的旋转娃娃，拉着庞克的手，来到英美文学的书架前。

"我想挑件礼物，猜猜会选哪本？"她问。

庞克望着琳琅满目的谜团，在心里点兵点将。

"托宾？"

"有点骚，但我不讨厌。不过，不对。"

"温特森？"

"我还是去爬伍尔夫的灯塔吧。"

失望带着一支小小的队伍，游荡在她脸上。她很快原谅了和她一起看海的男孩，请出了帷幕后的幸运儿：一位美国南方作家。

"虽然他的缺点跟才华一样多，但是我喜欢他心里的小女孩。"她笑得也像个小女孩。

书页像麦浪翻动着，鹰的眼光检阅着祁妙手里的书本。她的目光忽然停住了，冷峻地盯着一个非法的入侵者。这个试图以导读身份蒙混过关的偷渡者被她连名带姓地撕掉了，尖锐的枪决声迅速穿透了庞克的耳膜。

"钞票是用来买鲜花的，对吗？"她眨眨眼，天真无辜却又谙于世事，拿着这本完整的书去柜台结账了。

庞克站在原地，眼睁睁地看着祁妙把平淡无奇的生活撕开了一个裂口。光彩的裂口里面有惊讶的安赫尔瀑布、狂喜的幻想曲和诱人的雷厉风行。被撕掉的名字一如西部世界里被牛仔击毙的凶犯，横陈在书架的荒原上。这个名字曾多次路过他的耳朵。在一些耳边的风声中，他听到有人说起过这位公关小姐，她是多么迫不及待地想成为同代人中文学的最佳代言人，却配不上她获得的至高荣誉。当然，他不会让这些声音在耳中留宿。名利场中的语言游戏和真相一样，如同工工整整的法式花园，让他感到了无生趣。他毫不关心谁会戴上王冠，谁又会远走他乡，他的世界已经有了夏天之王的主宰，珍珠般的梦已然是给他最高的奖赏了。

走出书店，祁妙的凉靴成了主角。她当了一会儿专业观众，最终判定它们上错了脚。她把小说送进了庞克的怀抱，说:"我得回去换双鞋,这双是去战场的,今天可是去郊游的呀!"

他蔫在胡同的阴凉处等。北海公园的湖水大概被太阳晒干的时候,祁妙在六楼的阳台出现了。在重重的花影中,她伸着一只脚,鞋子换成了匡威。新鞋在空气中游了一会儿,就与它的孪生妹妹会合去了。姐妹俩一边跳着旋转的舞蹈,一边问:"怎么样?"

庞克看看手表,训练有素地比出两个棒棒的拇指。

但他不会忘记这个电影中的时刻。祁妙站在茂盛的绒花树上,脚上的帆布鞋在闪闪发光,她的笑容和蓝天一样万里无云,一架看不见的天梯就在她的身旁。他相信了,祁妙真的是一个可以走上云端的女孩。

马哲的饭局等候着来自月亮的晚点列车。当抱歉的汽笛声轰隆地响起,一位意外的客人率先走下了车厢。马哲见到祁妙的书,像见到了亲儿子,他爱不释手,不管它身上有没有不可避免的刀疤。

"这本我没有,还以为集全了呢,新出的吧?"他乐不可支。

祁妙轻点着头,微笑像涟漪一样散开,池塘上空还伴随着欢快的闪电:"上次借的小说,差得简直是惊天骗局,看完给我气得落地铁上了。"

"向有良心的怒火致敬!"

"丢你一块假塑料,还你一把真金子。"

人到齐了,他们去参加了另一场飨宴,那是酒神犒劳天真的时刻。祁妙的右耳别着从云间摘下的花朵,人人都喜欢它变幻莫测的芬芳。马哲说得对,她可以改变引力,让眼泪的自由落体变得越来越慢。他们坐在宫廷夜宴中,和李白一起,看唐朝的银河;他们坐着灰狗巴士去纽约,看金斯堡和他的伴侣如何在派对上诱惑卡尔维诺的朋友;他们站在语言的当铺里,特朗斯特罗姆的影子们正在掂量着忽明忽暗的银两;他们在南美的魔幻大地上歌颂爱情;他们骑着海子的马,去看雨中的落日;他们走进佩索阿的心脏,那里不再寒冷,那里比宇宙略大一些。

在莫斯科,祁妙靠在索尔仁尼琴的红轮上,邀请他们去她月亮上的家做客。

庞克几乎就要信以为真了。

可祁妙并不只是说说而已。

日子像星群,先把笔会的宝贝们送回家乡,又驾着热情似火的马车,把庞克带到了绿庄。他原以为月亮之家就在那棵绒花树上,可同行的马哲说,那里只是祁妙长大成人的暖巢,这里才是她多年来建造自己的地方。

北京越来越年轻,绿庄却和庞克的童年一样,老得飞快。一年前,这里还是一个艺术家的联合国,是一座缪斯庇护的众星之城,小商小贩在艺术之都的脚下生机盎然地穿梭,和这里的异域风情一起,散发着璀璨的创造的光芒。绿庄似乎是一种古老的秩序,栖居其中的芸芸众生就是书写这律文的每一横、每一竖。

秩序正在成为化石,一只看不见的手把绿庄几近掏空,沉默的幽灵住在每个一无所有的家里,被夺走的声音只能化作干枯的风,卷起一只无依无靠的塑料袋。庞克看着走在前面的乔飞和小梅,他们是黑白棋盘上两颗彩色的棋子。

直到他们踏上沙漠中的绿洲。

祁妙站在门口,像在等家人。庞克比其他人更想念她。在他们相隔的十二个秋天里,她化身为一整片樱粉色的花海,像只巨大的粉色眼球,盯着他,让月光的花瓣常常坠入他的时刻。她身后的四合院是桑田早年间以白菜价买下的,他们在自己的土地上发动了一场眼睛的革命,院子改了头换了面，成了布达佩斯大饭店。三排主房间镶着两个院落，历史让它遥远的美细雨般地落在现代的温文尔雅和未来的放浪形骸中。她搬来五年了，像熟悉桑田的身体一样熟悉它的每个角落。

既然这美轮美奂的院子不是祁妙一个人的宫阙，庞克就必须用无比挑剔的舌头来对待一场繁花似锦的午宴了。桑田不像是从巴黎国立高等美术学院毕业的，更像是从蓝带回国的厨子，长长的餐桌上正举行着他的杰作展。在风情万种的欧式川菜面前，马哲流连忘返，而乔飞和小梅早已乘着巴蜀的龙舟陶醉在塞纳河畔了。庞克不情不愿地动着筷子，但没吃几口，他的味蕾就投降了。桑田可以用食物作画，用酸甜苦辣给喜怒哀乐上色，当庞克的舌头在耀武扬威时，他会递来几个烈如焰火的野椒虾球；当大法官的眼中只剩下羡慕，他又会送去一块温暖如玉的栗子蛋糕。

桑田的话，大多是葡萄酒。这恰如其分的沉默反而让他光芒四射。借着光，庞克才肯好好看看他的样子。他的发型不是艺术家们常用的注册商标——光头和长发，而是利落的中分，带着森林的气息；轻薄的单眼皮是釜山海云台的暮光；蓝色的牛仔裤托举着白衬衫，衬衫里装着一座棱角分明的大山，再大的狂风暴雨也休想越过它一分一毫。也是，祁妙牌的嘛，只爱心灵美对她来说，是套荒唐无比的鬼话，她要的是好马配好鞍，美丽的灵魂也得配副好皮囊。

杯酒之间，天色醉得更深了，桑田却越来越清晰，他是一只闷声不响的宝葫芦。沉默时，他是座祁妙身旁的海港；打开葫芦盖，黯淡的生活就五彩缤纷，成了精灵。他记得别人早都遗忘的事情，他用这种巨大的才华装点着失去弹性的生活，除了祁妙，因为她本身已经够美丽的了。一种镭射般的神秘之光勾勒着桑田的线条，这是一种宝物的光。

变幻中的光扫射着庞克，三番五次。起初，他觉得的深深浅浅的注视只是醉意投放的梦魇。可紧接着，桑田索性明目张胆地凝视着他。这是一种勘探的目光，一种索取的目光，是一只蜜蜂飞向花蕊，预示着有什么事情即将发生。直到不适像荨麻疹一样遍布全身，让他不得不局促地站起来，去有草坪的院子让星空和晚风洗脑。

"来当我的模特吧？"桑田轻握酒杯，半靠在廊柱上。

庞克转过身，看桑田站在无穷无尽的光谱中，他费力地聚焦着，指着挂在身后的一幅犀牛画作，问："我？"

桑田走过来："你。有个灵感在心里埋了很久，几年都没出声，今天见到你，它就拎着我来见你了。"

庞克是肯定不会答应的，并且，他不知道应不应该答应。

晚风也送来了祁妙。她在黑暗中点亮一支中南海，用月光织成的手臂捧起庞克的脸，虚无缥缈的烟云醉眼蒙眬，她说："来吧，来吧，还可以陪我说说话。"

他们确实有永远也说不完的话。

庞克站在那个茫无涯际的高尔夫球场上，忽然间心血来潮，他觉得良辰已到，他偏要当一个世界上最美丽的混混。他的头重了千斤，还没点，就栽进了草床。

桑田的画室是个让人清醒的存在，甚至有些离经叛道。当它第一天见到庞克的时候，它就告诉他，画家的工作间不是人们眼中色彩沼泽上的狼窝，而是运行的天体，一种彪悍的纪律让它们井井有条，自由的激情并没有让谁变得懦弱。大大小小的画作都像《胡桃夹子》里的锡兵，在各自的位置上遵纪守法，但画框之内，却是天旋地转的仙境色彩。庞克细细品味着桑田的配方——亨利·卢梭的怪诞，爱德华·霍珀的荒凉，索德克的魂灵，也许，还撒了点皮埃尔和吉尔。在桑田的画里，诗意不是以一种口口相传、高人一等的面目出现的，它是一个匿名的秘密。

一张灰布，站在阳光照进来的地方，长着安妮·莱博维茨的脸。圆凳变身靠椅，只为给庞克舒服的拥抱。几束阔叶和棕榈科的植物从热带雨林长到了这里，倾诉着桑田系列画作的主题："少年残像"。和费里尼一样，桑田也写了几本梦书。他把灵感的日记本翻开，给庞克看里面的草图，迷蒙的少年总是残缺的，他的身体总有一部分是植物或者野兽的样子。

"他怎么了？"庞克问。

"他想问你，是想要价值连城的经验还是光彩夺目的皮毛。"桑田看着他。

此刻，他看着桑田。

"确定我行？"站在画架前，庞克心里没底，声音也没气。

桑田把右手借给庞克的肩膀，手不想拍上几句廉价的鼓励就草草了事，它要在那上面刻上一句话："你的少年脸像块精致的白瓷器，但有种宁可粉身碎骨的气息，只要这股真气在，就没什么可怕的。"

可庞克还是怕得很。他以为有模有样地跟祁妙疯疯癫癫笑一个早上，惧色就会笑没的。祁妙给了他瓶迷你伏特加，"口渴时"特供，却被他豪气地扔进了口袋里的无底洞。现在，他不得不厚着脸皮,请保镖回来,连闷了几大口儿。

桑田笑得像个神奇队长:"脱吧,我去放点音乐。"

是Beenzino的How do I look。不是门德尔松的《e小调小提琴协奏曲》,也不是威尔第的《茶花女》。

音乐竟然是一支魔笛,紧绷的感觉像烈日下的冰块在融化和舒展,庞克赤裸着身体,只是丛林中的一只白鹿。环绕他的时间和空间折叠、打开,仿佛俄罗斯套娃,向遥远的自己无限地延伸。他嗅到空气里有种特殊的味道,那是数不胜数的浮游的发光体在看见他的灵魂时散发的芳香。桑田的目光悄无声息,像一场温暖的雪,五颜六色地落在他的皮毛上。

每到画间休息,如果庞克不去南院参加祁妙和"疯帽子"的茶话会,就会到画室隔壁,瞻仰让人叹为观止的书的故宫。他光着脚,披着小姨送的爱马仕薄毯,浑身长满了羊毛,带着天方夜谭的绮丽风光,在绝版画册与凄美诗文的一砖一瓦间徘徊。他还在Art Forum中看到桑田的猫抽着故事的烟斗,在《纽约时报》上看到祁妙的诗集在几行英文围绕的舞台上演出,他平滑的表面反射着这些光彩,仿佛自己这颗时代中的小小砂砾也跟着熠熠生辉起来了。他与这些书一见钟情,爱得如胶似漆,爱得难舍难分,每天遥远颠簸的往返路途也开始变得苦不堪言。

有一天,桑田说:"搬来住阵子吧,且得画着呢。"

这些书替庞克答应了。

在情书宫殿的另一头,是一张暂别的餐桌。小姨坐在不舍的位置上,在比成群结队的昨天更丰盛的瓷盘子里,装满了利加雅要说的话。他们坐在一张卢浮宫的藏画中,静静地看着彼此。只有姨夫的报纸脸是一个粗鲁的外行游客:"老丁的女儿十八了,生日宴在长安俱乐部,我带庞克过去,他们年龄相仿,可以聊聊。"

小姨刀叉没停。

"然后呢,一起去打高尔夫?"庞克盯着一盘洗得苍白的晴王葡萄。

报纸拉下脸,把肝火盖住了:"去山庄骑马,也行。"

"马得驮行李,我要去朋友家住了。"

"什么朋友?"

"写诗的朋友,画画的朋友,艺术家朋友。"

一只竖立的大拇指冉冉升起:"了不起!"

这让庞克的空肚子饱了、撑了。他听到二楼的热气球正在打火点燃，所有的行李已经登上吊篮，出发的时刻提前了。

"这就是你姐家里的大作家，"姨夫朝斜上方瞟了眼，"马上要当嬉皮士，去环游世界了！"

庞克踩在声音的楼梯上。不是暂别了。他再也不想看见那片一望无际、冷面朝天的高尔夫球场了。

桑田的目光继续着。在庞克的身体上穿针引线，在那些小得连他自己都不知道的开裂处缝缝补补。这种凝视正在渗入庞克，像一条清晰的河流冲洗着混沌的石头，并以一种奇异的方式没过它的头顶。他长出了腮，适应了水下的生活。在那里，他感受着人的意义，学习用艺术钻取水里的火，观赏着静止中的舞蹈。

这样的目光，让庞克有种富有的感觉。

祁妙不再歇斯底里地跟桑田吵架了，也不会把他的一幅小画烧了，用一堆气球把它送给星星当礼物。因为当她站在艺术的窗外，看着桑田和庞克变成两种颜色的火焰，星空就在她的眼睛里。她，要成为彗星的美人儿，一个被视作文物的笔记本再一次破土而出，在燃烧的页面上，她写下"合成的时代"。有了这个荣耀的名字，草图里再造的装置作品，就可以准备出生了。庞克这才知道,一张中央美术学院的辍学申请副本也夹在里面,祁妙像对待勋章一样珍藏着它。做这件事儿,她不是为了把自己活成一部传记,她仅仅是为了活着。

绿庄空空荡荡,是没有星星的宇宙。庞克陪祁妙穿过暗淡无光的玻璃和面无血色的院墙,在神隐的雾霭中寻找灵感的居所。一个废弃的加油站把他们带到了路的尽头。一个生命已逝、韶光不再的无主之地。

"一个死了的地方。"感伤念了句悼词。

祁妙却笑了:"在我心里,它还活着呢。"

她要把加油站变成乐高积木的颜色,要让周围灰头土脸的枯枝败叶和断壁残垣都对生命肃然起敬。庞克已经看到了,阴郁的虚无中彩色的尊严施工完毕,连杰夫·昆斯的绵羊都会来这里吃草的。

单反快门潜心工作起来。庞克坐在褪色的油机下感受着孤寂。绿庄的每一座空房子都是方块的沙漠,此时的世界,就这样被拔地的亿万沙漠环抱着,笼罩着。

"在你眼里,绿庄是什么?"快门没有停。

"是幽灵居住的房间。"庞克说,"其实没有一间房子是真正空着的，幽灵住在里面，等待着有人回来。如果我是摄影师，我会拍这些房间。当我拿起相机的时候，我相信我会拍到它们。"

快门停下了，相机走过来，坐在他的手上荡着双脚："人生苦短，及时行乐！"

客房也不再一本正经。祁妙大刀阔斧，毫不留情，让一台粉红色的 MacBook 像旋转的迪斯科球一样成为房间的中心。它投射出变化无穷的光，如羽翼斑斓的少女，把幽灵出没的数码照片挂满了墙壁。在这个核桃里的工作室，大一选修的摄影课终于跟庞克产生了化学反应，他发现自己原来还有一只眼睛，在这里，它像一片渴求的湖泊迎接着来客，以便祁妙和桑田能够常常泛舟其上。

有时，空房间组成迷宫，让庞克迷了路，祁妙读诗的声音会像美妙的乐器一样响起，它引导着庞克，走向暮色和云霄，坐在风铃花的回廊下，想象风华正茂的嘴唇正在合唱的模样。只是她的房间里，有位格格不入的听众，它站在成排的摇滚唱片上，别着象征礼物的纸花，塑封都懒得脱去，是 Bill Evans 的精装唱片 Alone。永远不会有人去拆了，亮起来的声音，已经让孤独无影无踪了：

在我身上你找山

找葬在林中的太阳

在你身上我找船

它迷失在黑夜中央

庞克走出房间，餐桌也可能惬意地躺在南院的草坪上。祁妙斜侧在一张水果和佳肴的飞毯上向他招手。他也坐下来，坐在她右边，坐在靠垫的翡翠城中。投影仪卖力地拉起白色的幕布，《洛基恐怖秀》艳丽登场了。桑田和他的啤酒兄弟们及时赶到，在烈焰红唇的音乐里，集体降落在庞克右边。电闪雷鸣的银幕下，啤酒瓶交头接耳。庞克用余光感受着祁妙和桑田的存在，仿佛三人已经浑然一体，仿佛他们就是风中的颜色。

一颗颗草莓在祁妙的嘴里开着花，她把头靠在庞克肩上。桑田的左臂像坚固的金门大桥穿过庞克的背面，轻嗅着祁妙的发香。可庞克转头时，桑田也在看他。

仲夏最热的一天，桑田关了空调，收起扇子，等李全来。李全是根竹竿，也画画，两颗溜溜儿的黑眼珠，摇着狡黠的长尾巴。他还带来了雷雷。雷雷没有尾巴，他只是个长着算盘手的画廊老板。雷雷像卫星一样绕着桑田转，派助理给他送菜洗衣，展会上为他摇旗呐喊，保证这张手里的王牌能够金光闪闪、辉煌不减。

"撤了吧，都没什么人了，找块风水宝地，接着画！"李全的舌头上上下下。

"你们能耐！一万平米的美术馆，不声不响地，开辆挖掘机就给碎得稀巴烂。"热浪吹光了桑田的表情，"回去告诉你主子，这儿就是爷爷的风水宝地。"

"什么'你们'，是'我们'！违建的事儿，也不是由我说了算，我自个儿不也撤了，大家伙也差不多都撤了。拆房子镇上都有提前通知，估计是被风吹走了。也没几个。"李全沦陷在椅子里，绞尽脑汁地求生，"也就三个。"

桑田站起来，俯视着李全："三个和三百万有什么区别吗？"

李全的尾巴哑然失笑，垂在了地上。

桑田没看它，出门去抽烟。另一支烟也跟了出来。

"全子来劝，不也是来讲理的嘛！"雷雷的脸云山雾罩。

"连个走心的说法都没有，这叫讲理？"桑田也没看雷雷，"说法没来，我不走！"

"知道你瞧不上全子，背地里拿人好处，有了落脚地儿。可你得瞧眼自己的画儿啊，它们就是未来，经不起伤筋动骨地折腾！"

"你去讨好这个世界吧，我来冒犯它。灵魂都拱手相让的人，谈什么未来？"

"这不是有文件嘛。"

"这院子在这儿三十年了！"桑田转头问雷雷，"如果一夜之间，好的事情都变坏了，你能把坏的都斩草除根吗？"

庞克热得发慌，把自己淋得湿透。李全和雷雷走后，他才知道，天庭的大门是关的，绿庄已经是片奄奄一息的废墟了。

桑田的画里下起了黑色的雨，他便也成了黑色的。线条是脱缰的野马，色彩是灰暗的狼群，他站在画室中心，是野兽之王。他用深沉的低吼摆放着庞克的身体，可四肢就像暴风雨中的食草动物，在危机四伏的草原上，哪里都不安全。

这雨烫着庞克了。他站起来，披上薄毯，把目光拴在桑田脸上。

"坐下。"桑田像是对自己说似的，声音意识到了什么，缩水了。

庞克没坐。

他们之间站着 Lu1 的《男孩》。

桑田走过来，左手轻放在庞克肩上，又说了句："坐下。"

这句轻得像羽毛，但庞克还是没坐。

"要不，你回去吧。"桑田的手对庞克耳语。

"我不。我要跟你们在一起。"庞克的眼睛也说话了。

黑色退潮了。耳语的手化成温柔的星光，照耀着庞克的脖颈，光线的明暗在发丝之间不断地变幻。桑田的脸像一片缓慢移动的星云，庞克从未如此近地去欣赏它的美丽。然而，时间倒流了。他转过身去，走回了千里之外的画板。

月亮上的山脉也白雪皑皑。当书房的城门打开，祁妙躺在了火焰的冰花上。庞克走向她，也坐在暗红色的沙发里。

"你跟自己告别过吗？"她很庄严地坐起来。

庞克凝视着她，语言排山倒海，宛如沉默。

"你的绿洲就要万里冰封，你相信的已经烟消云散，你的爱，只剩下一只空袖子。"她住进了庞克的怀里，声音如火中的干柴，劈啪作响，"你躺在你面前，没几个小时可活了，你们只能互相目送，谁都无力回天。"

火驱逐着祁妙，她是一根湿透的木头。庞克用手臂紧紧地为她取暖。她的身体像一座海啸中的孤岛，很悲伤，但没有战栗。

边桌上，诗歌暂停了呼吸。它素面朝天，等待风化：

世界总这样，老这样
观音在远远的上山
罂粟在罂粟的田里

是啊，世界总这样，老这样。

终究还是出太阳了。桑田提着台马歇尔无线蓝牙音箱，带领湿身的人们走出雨季。绿庄东边的野湖半睡半醒，不知那茫茫的薄雾是在唱起床歌还是摇篮曲。半人高的荒草都是金色的魔法师，日光的随从亮起千千万万的霓虹灯，组成了一座空气里的城市。桑田在城里时隐时现，直到变成一个幻影，跳向一颗巨大的水钻。欢呼是一根疯狂的绳子，把迟到的人都拉进了湖里。庞克被微凉的湖水亲吻着，雀跃的浪花在雾中跳着华尔兹，他就是一条银色的大鱼，在水天之间的世界里和同伴们一起游戏。谁会愿意告别这样的自己？另一个庞克站在湖边，他听到Us3低吟浅唱着I'm think about your body，看到磅礴的城楼间三个银白色的光点像萤火虫一样靠拢、离散、纠缠在一起，湖光和山色托举着他们，但并没有把他们径直送往天堂，而是反手一扔，又让他们落入人间的星图中，他大概再也不会见到如此美丽的景色了。

雨过了，天晴了，杨火却灭了。庞克想象着——丸子头、水牛身、耿直心的老顽童被人戴上手铐的样子。他的行为艺术网站"拆那"也改名换姓，叫做空白。烈日高悬，灼烤着绿庄，光区正在被它逐片没收。

庞克多喜欢听杨火三天两头地在桑田的茶室里讲时间的故事呀。光阴是副塔罗牌，只要你摊开数字的谜面，杨火的记性就会说出对应的谜底。大诗人的儿子有双渔网般的眼睛。他爱喝桑田煮的新疆奶茶，醇厚与悠长皆因友情的火候。他记得过去的事，裸了上身，不像个留学的，跟美国学运中的男男女女一起，走在二十岁的日落大道上，叫公道开门；他也记得现在的事，开发商站在美术馆的残骸上，人手一张生锈的蓝图，威风八面，在他们脚下，一个砸烂的蛇窝里，跑出来的却是一只只老鼠。

"这块破地穷得就只剩下钱了。"桑田的奶茶一口没动。

"知道吗，我们最大的敌人不是那些挖掘机，而是遗忘。"

杨火一口干了，像喝了杯血，"人是记忆生出来的动物，你记得什么，就会过什么样的人生。"

阿虎也不再虎头虎脑了，他是只罂粟地里的猫。送完最后一天快递，他就要回家种田了。

"怎么不干了？"庞克接过又轻又重的包裹。

"房东清人了，都得走，说有安全隐患，没地儿住得起咯。"

"本科不考了？"

"我这样的人，不配上大学吧！"阿虎给自己戴上了手铐。

庞克想要说些什么，却又什么都说不出来。

没几天，一张白色的病危通知书就贴在了桑田的院门上。可谁也不觉得桑田有病。他比任何时候都更加挺拔、强壮。他就是不治。

所以，伊甸园停电了。

所有的房间都着着黑暗的火，好在顽强的风在星空下的草坪上撑起一顶透明的帐篷。这个晶莹剔透的避难所是桑田从威尼斯远道而来的朋友。三个夜光倒出的影子，像追逐梦幻的野泳者，躺在银波荡漾的微风王国。青草编织着夜晚，卷起清香的花环。一只手电筒像明亮的绒猴倒挂在他们头顶，帐篷就成了天神放在大地上的房子。

"想读首诗给你们听。"祁妙躺着，声音坐在灯下。

"我去拿？"庞克坐起来。

祁妙把他拉回去。她的眼中流动着深邃的星河，她已经看见了：

你曾是自己

洁白得不需要任何名字

死之花，在最清醒的目光中绽放

我们因而跪下

向即将成灰的那个时辰

枕着诗歌，庞克睡着了。

早晨是祁妙和桑田的样子。他们的梦闭着眼睛看着庞克。庞克的梦和他一起醒着，他的梦也从来没有睡过。一位波光粼粼的天使与他面对着面，同时显现着三个人的面庞。它不住在世间贫瘠的语言中，也不曾在冷酷的安逸里停留，它是比感觉更重要的存在，是将幽微的火种带给生命的人，是星辰间浩瀚的紧密相联，是这仲夏夜的梦。想到这里，桑田画里的少年流下了眼泪，庞克躺在镜子的另一面，脸上也挂满钻石。渐渐地，他地动山摇。他看着他们，甜美得一碰即碎，就像少年残缺的部分。此刻，他多想用热烈的吻，让三个人变得完整，变得永恒。

可绞首架没有放过早晨。它拖着巨斧摩擦地面的白色噪音，让绿庄血色全无。噪声把房子里的人都赶了出来。一台挖掘机还真的在顶天立地呢。隔壁的院子，被看不见的铁丝网围着，囚犯的额头上写着大大的"拆"。

了不起。

桑田和祁妙融入其他艺术家，十几个人成为一个人。这是一座抵挡大海的堤坝。语言在他和他们之间只是一团枯火，在无法翻译的森林，落叶已成定局，火势很快就漫山遍野。

枪口越抬越高，桑田却越走越近，直到它抵进胸口。

他抓起枪，带它去见脑门。他说："打这儿！"他的子弹先打进了枪里。

祁妙的手机在当历史的见证人，可被操纵的制服一把便拧断了它的脖子。接着，几只靴子让它肝脑涂地。一个凶狠的耳光，让祁妙被挖掘机的阴影拉了下去。

桑田松开了握枪的拳头，也解开了它的锁链。

施暴者被一口咬掉了几颗牙齿。

"我也敢打？"施暴者吐了一口血。

桑田用第二个拳头回答了他。

梦放大了庞克。他觉得自己无所不能。他的血肉之躯就该是匹战马，冲向这混乱的人世间。他把桑田的包围圈撞出了一条裂缝，而命运给他的回礼是一根棍子，它是当头落下的闪电，让他瞬间就塌了。等见着血的时候，他已经在地上坐了一会儿，血并不是红色的，血是自由的颜色。

他摸出一块砖，直起发抖的腿，像件狂风中的旧雨衣。他看见一面暴雨中的挡风玻璃，把砖扔向了一团黑雾。

"我操！"黑雾泛红了。

它们朝庞克走来，为了让他安静，让他睡去。

庞克在和睦家医院到底躺了多久，记忆的扑克牌就跟受惊的小姨和姨夫一样错乱。在那几天，他对利加雅视而不见，月光下的脑海只有祁妙跟桑田，因为没有他们，自己也就荡然无存。无论手机在他的掌心多少次颤抖，呼唤的尽头依旧大门紧闭。回音才是最好的药，缄默让他丧心病狂。头上的纱布要成为白鹤的标记,拔掉点滴才能叫医院让路,他要回去,回到绿庄,一如火车要去寻找轨道。

桑田的院子被捏成了一团废纸。房间和时间都空空荡荡。四处都是伟大的野狗呼啸而过的踪迹。家已经远走他乡。庞克站在凌乱的草坪上,站在幽灵之城的中心,忽然,他跪在了这片垃圾场里。他抬头看看没有太阳也没有月亮的世界,不知道自己在向谁下跪。在花草丛生的尸骨残骸中,他又见到 Bill Evans 的 Alone。唱片四分五裂了,因而播放得行云流水,宛如熄灭的星空下夜莺在夏日的咏叹调。眼泪没有如约而至,只留下一张字条:长大的时候到了。祁妙和桑田在无法接通的地方,没有人会和庞克一起向这壮阔的仲夏谢幕了。那些落入繁花的夏雨,那些晨雾深吻的彩虹,只不过是些他见过却没有发生过的事情罢了。如果真是这样,在他心里,还有什么是活着的呢?他跪着,在一个哪里也不是的地方,等待夜晚抚慰她的儿女,等待黎明像月光一样重生。

音乐人生

哥舒意

哥舒意 现在上海写作，已出版《泪国》《造物小说家》等多部作品，发表于《收获》《山花》《上海文学》《小说界》《青年作家》等文学杂志。获得首届99读书人"世界文学之旅"长篇小说金奖，首届"新小说家"文学比赛长篇奖。

在去旅馆赴约前，他没忘记给女儿留字条。虽说现在都已经习惯使用手机，但在留言这一点上他还是保持着过去的习惯。就跟女儿一直说的那样。爸爸你是个固执的人，虽然看上去很温和。字条放在客厅茶几上，用钢笔压住。上面说今晚也许晚点回来，你自己吃饭。

他打车去了旅馆，女友已经先到了，在床上一边看书一边等他。看见他来了，放下书仰起面孔。几年以前是他的学生，教过几节对位法，一个文静的年轻姑娘。学校里有的是比他年轻的教师，但姑娘觉得他更有魅力，至少在年龄这一点上。我喜欢年龄大一点的男人。她摘下眼镜，看着他笑。怎么说呢，也许是有一点大叔控吧。我记得你有个女儿，是不是？我喜欢有孩子的男人。

床头的手机响了起来。他拿起来看了看，是女儿的电话，还是接了起来，听见女儿的声音。爸爸你在哪里？电话里的女儿带着点埋怨，像是在责问一样。他忍耐住女友的动作，说在作一个室内演奏用的曲子。室内演奏爱的动作，他在心里说。女儿说，那你今天还是回家的哦？他说，当然。

女友抬起头，问，要继续吗？他抚摸她的头发，点点头。他们都还没有尽兴。可是他不年轻了，已经做不到一晚上几次的地步。于是两个人翻过身体，这时他看见她看的书，一本翻译小说，一个年老体衰的作家写的情爱小说。就跟他目前的情况差不多，确实是这样，他和与女儿差不多大的女人在一起。这时她抱着他，就跟怀抱演奏用的大提琴一样的姿势。大提琴是她的乐器。身体在一起扭动。听着她演奏出来的声音，然后达到顶点。他拥抱着她，轻轻抚摸她的秀发。

他等她淋浴好，退房，送她回家。女友还住在父母那里，就和普通的年轻姑娘一样。在家的时候，我总会想起你。她靠着他肩膀说，不过我习惯了。有时我想到你的女儿。我几年前见过她，我大不了她几岁。不过你们长得不像。下车时，她亲了亲他。

回到家时女儿已经睡着了，听见动静醒了。你回来了，我都有点困了。她迷迷糊糊搂住他的脖子，好像小时候那样亲了他一下。他担心她发现什么，身体往后仰了仰。你继续睡吧，他摸了摸她的头发，然后回了自己的房间，脸上还能感觉到嘴唇的触感，弄不清是女友还是女儿的。真是不可思议的事，就好像一个玩笑一样。他想起女友的话，是的，女儿确实长得不像他。

他看见床头柜上的相框，那里有已经去世的妻子的照片，女儿长得像妻子年轻的时候。

他和妻子都是学音乐的，音乐学院同一个老师的学生，分在一个组里演奏老师的作品，相互喜欢，于是就恋爱了。在随后的假期，在各自的家里品尝性爱，永远无法停止。有两个整天的记忆，只是短暂的睡眠和长久的做爱。他们在小区的花园一起待过，然后是公园和学校舞台的后台。有一次是在电影院。那场电影放的是叫不出名的法国文艺片，没几个观众，另一对情侣在远端的后座做同样的事。

他的父母都喜欢她。她的家人也觉得他很合适。大学毕业后他们就结婚了。房子是去世的奶奶留给他的，拆迁分的两居室，在地铁刚刚开通的莘庄。他进入一个刚成立的交响乐团，她继续读书，一边教小孩子学琴，那时正好是学钢琴潮，家教的收入甚至比他还多。两个人的生活不成问题，还经常去旅游。陌生的地方会带来意想不到的享受，比如蒙古包和海浪拍打的岸边。她一直很想去西藏，但是他们一直凑不出整块的时间，所以只能把计划放到了以后。

来自于外界的诱惑也不是完全没有。作为样子过得去的年轻男人，自然有人会看中他。乐团里有个年龄大他两岁的长笛姑娘，和他处得很好。在乐团去北京演出时和他做伴。吹管类乐器是用气发声，姑娘微笑着做了个吹烟的动作。那一瞬间，他几乎就越轨了。不，我不能这样。最后他对那个姑娘解释，我已经结婚了，我爱我的妻子。

两个人于是没有进一步地发生关系。

他的妻子应该也有爱慕者，但是他没有追究过，她是足够聪明的女人，知道怎样维护自己的家。在婚后第三年，他们买了第二套房子，并且打算过两年换套更大的，因为他们想要孩子，甚至不止一个，最好是一个男孩和一个女孩。她从结婚开始就想着要生孩子。

直到结婚的第五年，还是没有怀孕的动静。他们已经快三十岁，连双方父母都有点着急了。听说三十岁以前生的孩子更健康。他们最后才想起去医院检查。问题在你这里，医生对他说，你太太是健康的。

他一度不知道怎么面对妻子。他想或许离婚是个好的选择，并且把这个念头透露了出来。我不会选择离婚的，毕竟我和你结婚不完全是为了传宗接代什么的，可能你不知道我很生气。她说，因为我觉得如果出问题的是我，你就会离开我。你的这个想法就是让我这么觉得的。

我不会那样做。他说。

那么我也不会和你离婚。就算没有孩子，你仍然是我的丈夫，这个房子仍然是我的家。这个问题到此结束。说完，妻子在他作曲的谱子上画上一个休止符。

剩下只有寄希望于时间和希望。他们的生活发生了一些改变。她硕士毕业后去了一家唱片公司工作，而他对交响乐团已经失去兴趣，正好音乐学院那边有个读博士的机会，同时担当大学讲师。他就回去了学校，再次摸起了书本，甚至在业余时间继续练习作曲。妻子很喜欢他的作品。你的作品里有一种别致的东西，她说，像是在和时间做爱一样。

三十岁那年，妻子第一次提出了收养个孩子的想法。家里应该有个孩子，这才像是家。你看现在我们连话都越来越少了。他放下手上的谱子，认真地看了她一会，看出她不是随便说笑。这确实是一个解决的办法。

好啊，他说。你想要男孩还是女孩。

我都喜欢。你呢？她问。

他们想选择一个合适的孩子。最好是个婴儿，因为这样才更容易当成自己的孩子。

但是看到第三个孩子时，他一下子改变了主意，那是个从小被遗弃的女孩，已经快四岁了。他目不转睛地看着这个三岁多的女孩。妻子感觉到他的留心，靠在他怀里问，你喜欢这个小女孩？

他搂紧妻子。是的，我喜欢她，因为她的模样有点像你。如果一定要收养。我想收养这个女孩。

妻子吃惊地笑了起来。好吧，没想到这么多年了，你还是挺会花言巧语的嘛。

那天晚上，妻子对他很热情，简直和热恋那会儿一样。她还是那么吸引他，经过了这么多年，他们更加了解对方了，在细节上。

漫长而复杂的收养手续，申请，登记，提交证明，等待。他们接那个小女孩回家。他们有了一个女儿。

女儿刚来时不太说话，可能天生比较内向，而且又是弃婴。他们每天花很多时间陪伴她，抱着她进进出出。两边的父母也认可了这个女孩，常常叫他们带女儿回家吃饭。女孩很自然而然地把他们看成是亲人，先认的是妈妈，然后是爸爸。离上幼儿园还有段时间，他们自己动手教女儿认字读书，还试着给她打音乐的底子，有时会为她学什么乐器而争论。他最终还是听妻子的，只是觉得这个过程很好玩。但他对女儿的感情也许并没有超过喜爱的程度，也就是说，他虽然喜欢这个女孩，却没有真正地放在心上，在内心深处，他还是没有产生那种亲密感。这种感觉是只有和父母之间，以及和妻子之间才有的。而这个女儿，只是他们夫妻生活的一个补充，说到底，是妻子想要家里有个孩子，他只是满足妻子的愿望，出于内疚。

仿佛收养了个流浪猫。他有时会想。

妻子的乳腺癌是在有女儿的第二年确诊的，只是一个常规的健康检查，发现右侧乳房有个肿块。肿块靠近胸腔，手术很难根除。医生说发现得还算及时，通过治疗应该可以得到控制。不要担心，他抚摸着妻子的乳房，试图感觉那个肿块。医生说没问题，可以治好的。

但在几个月后，病情就恶化了。妻子不得不辞掉唱片公司的工作，每两周接受一次化疗，然后又是放疗。她变得虚弱，皮肤干燥，头发大把大把地落下，只能把头发剃光，平时出门买菜就戴个太阳帽。这年的情人节，他一时心血来潮，买了个长长的假发套送给她。她受不了这个玩笑，大哭起来。他非常后悔，抱着她不知道说什么好。结果还是那个收养的女儿解了围。小女孩怯生生地说妈妈你为什么哭？爸爸欺负你吗？还用稚嫩的小手摸摸妻子的头。妈妈你摸上去毛茸茸的，就跟小狗的毛一样。

半年内动了两次手术，她住在医院里的时候，他带着小女孩去看她。妻子在床上抱着小女孩，问她幼儿园的情况，老师教了些什么，最近又学会弹什么曲子没有。他就坐在一边笑着看她们。他们的三口之家让同室的病人很羡慕，尤其知道他是大学的老师之后。后来连护士们都知道他是音乐学院的老师，她们对他很有好感。如果不是因为妻子病重，他说不定真会和其中一个护士幽会。妻子也许意识到了什么，这方面他很难瞒过她，也许这是多年来他没有出轨的其中一个原因。

在病重以后，妻子比以往更希望他的陪伴，但是有时又会想要一个人呆着。如果第二天没有课，他总是自己去医院陪护。有两次半夜醒来时，他发觉妻子在抚摸他的头发，脸上带有温柔的神色。没有人注意的时候，她偷偷叫他上床，两个人在被子里挤在一起。他抱着她，却怎么也睡不着，他们一定都感觉到了这样的时刻已经所剩无几，可是仍然抱着最微不足道的希望。

不久之后，妻子就去世了。妻子死的时候，他哭得非常伤心，感觉身体里有什么东西也消失了。好像自己都不是自己了。他早就不是爱她了，她是他的家人，朋友，伴侣，以及一首协奏曲不可缺少的那件乐器。他消沉得厉害，消沉的原因来自于无法弥补的自责。他认为自己是造成妻子的死因。如果他没有不孕症，如果他能让她怀孕，那么妻子一定不会患乳腺癌。妻子活着时已经从他脸上读出了他的想法。听我说，这和你没关系。她摸着他的脑袋说，你别这么傻。

葬礼后，他把女孩托给父母带，过了段闭门不出的日子。每天除了练习大提琴，几乎不做其他的事。他最喜欢海顿的协奏曲和拉赫玛尼诺夫的练习曲，有时也会演奏自己创作的作品。在一遍又一遍的拉奏中，内心的伤痛也一点点减轻，取而代之的是情感的消失。音乐是流动的时间，沉迷音乐的人通过音乐和时间做爱。这段时间，他的身体甚至体会不到性欲的存在，心理低潮的时候，欲望好像也死了大半，就连自娱也毫无感觉。他一度怀疑自己的身体已经停止分泌多巴胺。

一连两个月独居后,有一天他出门散步,正好走到女儿读书的学校。小女孩已经开始读小学。学校正好放学,他看见了女孩悄无声息地站在校门口,仿佛在等妈妈一样。他几乎以为妻子就要来接女儿了,这时他想起妻子已经死了。女儿等待妻子的样子却一直留在他脑海里。

至于这个小女孩,现在送回去已经不太可能,他的父母觉得可以替他来养,这样至少不会妨碍他成立新的家庭。但是他这时已经下定了决心。他想自己来抚养这个女孩,也许在收养的时候就注定了这个结果。小女孩长得像他的妻子,她们眉眼很像,看见她的时候,他才能暂时摆脱内心深处因为妻子死去造成的孤独感。

他带女儿回了家。从这一天开始,他真正成了这个女孩的爸爸。

他代替了妻子原先的角色。他教她弹钢琴,教她数学,去学校开家长会,周末带女儿去西郊动物园野餐,看狮子、老虎、猩猩、屁股脏脏的猴子。他甚至带着女儿去学院里教课。在讲课的时候，女儿趴在座位上瞌睡，嘴角还流着口水，他的学生们都笑了起来。他发觉这是一个孩子可爱的地方。她学会的每一件微不足道的小事，掌握的每一段简单的音符，都让他感到愉快而充实。当一个孩子全心全意依赖着你，你会觉得其他所有一切都无法与此相比。

女儿一天比一天更依赖着他，好像每时每刻都要和他在一起。她温顺、会撒娇、懂事又蛮不讲理，是正在成长中的美好事物。当她牵着他的手，当她在他怀里哭鼻子时，是真的觉得他是她爸爸了吧。有时他们睡在一张床上，女儿像小狗一样蜷缩着四肢，然后醒过来像小猫一样打哈欠。周末带她出去玩轮滑，玩累了就跳起来趴在他的背上。有一年元旦，她得了急性肺炎，突发高烧，路上叫不到车，他一路抱着她跑到医院，急得眼泪都要掉下来。女儿迷迷糊糊地搂着他的脖子，滚烫的额头靠在他的胸口。他已经失去过一次亲近的人，深恐失去第二次。那种深深的畏惧，对孤独、迷茫以及悔恨的惧怕。那种惧怕使他在女儿身上投入越来越多的感情。

这个女孩像是一种柔软的植物，闪着微小的光，在他身边日复一日生长着。第一次月经来潮时她只有十一岁,多少有点惊慌失措。女儿不安地告诉他,语气里却有小小的骄傲。爸爸,这说明我长大了是吗?他请学校的女同事带她出去挑选卫生巾,结果连文胸都一起代买了。他想起妻子,妻子对服装没有偏好,只有内衣习惯用昂贵的牌子。于是他自然而然地只给女儿买昂贵的内衣,直到几年后小女孩自己学会挑选,不过她也已经习惯只接受那些昂贵的品牌,人的喜好是可以培养和教育的,就如同学习钢琴一样。

可惜的是,女儿在音乐上并没有特殊的天分。她是个聪明文静的孩子,对新事物有很强的接受能力,读书也用功,学习成绩总是名列前茅,她比一般孩子自卑,但又有自觉比他们优越的地方。她的爸爸是个大学老师,会拉大提琴,会作曲,她是在古典乐的熏陶中长大的。按照妻子的想法,也同样遵照孩子的天性,最终选择让女儿学了钢琴。教钢琴的老师是他的朋友,有时他也自己教她。可是世界上确实有才华这种东西存在,女儿虽然很用心,却始终缺少一种决定性的东西。

她的演奏在一般人听来不错,也不算困难地通过钢琴考级,但是也只能到这个程度了。她不像妻子,也不像他。

在技能和才华之间有一条看不见的界线，多数人一辈子徘徊在技能的一边，只有少数人真正获得才华，并走过了那条看不见的线。不过如果作为一种业余爱好，那已经可以了。何况真正专业学音乐过于辛苦，所以他没有让她进音乐学院的附中读书，而是进了一所市级中学。

他在音乐学院读完了博士以后留校任教，成为年轻的教授，在教课的业余时间，从事室内乐的创作。作为男性来说，他的事业在三十岁以后才渐渐成型。首先是作为作曲家的成功。作曲只是个人兴趣，并不是为了拿钱，何况他越来越不缺钱。妻子去世以后，他的名下已经有了三套房产，只是一直没有想起来去打理。楼市升温以后他不知不觉拥有了一笔财富。他还是住在音乐学院附近的家里，女儿和他去学校都方便。

他在学生中的声誉很好，不像其他教授那样总会和自己的学生发生牵扯不清的关系。有的女生会很主动，一直找借口来请教问题。她们比我的女儿大不了几岁，他苦笑着想。每个认识的女性都觉得他风度很好，是合适的伴侣人选，而且妻子多年前就去世了。他选择和几个感觉合适的女性约会，又总觉得她们和妻子有很大不同，所以他都没有和她们保持长时间的关系。

这几年里，和他保持长期联系的情人只有一个，是他过去一个同事的妻子，他们夫妻和他的关系很好。在他回去音乐学院以后，有一段时间没有和他们联系。有一天，她忽然给他打了电话约他见面。见面地点是在一家假日酒店的咖啡厅里，她以一种客观的语气说了自己丈夫的外遇，那是丈夫公司的秘书，大概不是第一个了。她问他是否知道。他是知道的，男人之间总有一些心照不宣的话题，可是他并不觉得这种事情会妨碍朋友的家庭。于是他把这个意思和她说了，算是劝解和安慰。

我不会这么快原谅他，她平静地说，这几天我不回家，暂时住在这里。我就住在楼上的客房。

她带他去了楼上她住的房间。那是个标准间，大床房。你不要告诉他，她看着他说。什么都不要说出去。她脱去耳环，解开盘起来的头发，然后开始脱去衣服。他几乎是钦佩地看着她的举动，为她的从容冷静折服。在这一瞬间，她和他妻子以前的某个时刻非常相似。接下来的事情几乎就不受控制了。

和你的人一点都不像，一点都不斯文。她眯起眼睛说。

可是为什么我就这么喜欢呢？我没有和别人这样过。我和丈夫也有一年多没同床了。你也是这样吧，很久没有女人了。

这时天暗了。她打电话订餐。他也给女儿打了个电话。吃完晚餐，他们的体力恢复了些，第三次是最温和的一次，更多时间用来亲吻和厮磨，一直纠缠到很晚。他准备离开时，她问他能不能留下过夜。我女儿一个人在家，我不太放心。他亲了她一下，说，我明天再来找你。

我并不只是因为要报复丈夫。她说，我很久以前就喜欢你了。你大概不知道吧。我喜欢你，我应该早一点来找你。不过那时你的妻子还在，那时找你不合适。

她没有骗他，他在她眼里看见了感情的成分。所以他遵守约定，在第二天又来见了她，直到一个星期后她心平气和地回去了丈夫那里。她的丈夫应该不知道他和她的事情，有两次他们在音乐厅碰见，那是每年都举行的傅聪先生的钢琴演奏会。音乐会后他们在底楼一起喝了会儿茶。我在外面有女人，不止一个。丈夫自嘲地说，我的妻子知道我的事情。我想她在外面也有个人吧。我们不管对方的事，只要维持住这个家就行，婚姻说到底不就这么回事么。

他安静地听朋友说话，在这时，他是以朋友的身份，而不是对方妻子外遇对象的身份听对方说话的。如果有不安的话，也仅仅是担心朋友的家庭和睦。说到底，就算不是他，朋友的妻子也会去寻找别的情人。只是他内心确实有些欣赏她。

她在一家外企的管理层工作。在关系固定下来后，他们不再去旅馆，而是去他的家，不是和女儿一起住的那个家，而是一处空置的房子，在桂林公园附近，把房子稍微布置了下，看上去有家的感觉。他的时间比较自由，有时会去她陆家嘴的写字楼接送她，为此还专门去考了驾照。起初是租了辆车练手，后来干脆买了辆二手的尼桑。她开车的技术要比他好，所以车子常常由她来开，他坐在副驾驶座上，看着外面隧道的灯光，构思一段没有完成的谱子。

他和她在一起以后，很多次都回家很晚，女儿都不由抱怨说，爸爸你现在怎么变得这么忙。他这才收敛了些。两人本来约定下周再见面，可是他控制不住，第二天就给她打电话。她一边一本正经地抱怨，你也该让我休息一下，但是第二天却像盛开到极致的花朵，出现在他面前。我本来以为你是个道德感很强的人。她看着他亲吻她的身体，抚摸他的头发，我是个没有什么道德感的女人，所以你对我做什么都可以。

他们一起完成了一些道德难以约束的事情，连罪恶感都谈不上，那是肉体欢悦和情感激荡的产物，犹如土著为取悦众神而翩翩起舞。她的存在弥补了妻子逝去所造成的空缺，然而这段偷情同时也让他有一个错觉，那就是他的婚姻生活仍在继续。他确实有歉疚感，又因为这歉疚感对他的情人产生更为深刻的饥渴。他们几乎从来不在一起过夜，在做爱到精疲力竭后各自返回各自的家。她和丈夫早就分睡在两个卧室。而他回去时，也不会忘记去看看入睡的女儿，并且一如既往地亲一下女儿的额头。这个习惯性的晚安吻本来是属于死去的妻子的，现在被继承到了女儿身上。

他和朋友妻子的关系持续了几年，从女儿初中开始，一直到女儿上了高中。中途朋友　家和他们一家曾结伴去浙江的小镇游玩，游玩回来后，他和朋友妻子又找借口去了南京的温泉，在那里住了一个星期。这是他和她为数不多的一起共度的时间。也许从这时开始，她对他有了更深的依恋。

他们的感情一直持续到她离婚为止。她和丈夫的婚姻走到了尽头，打了一年的官司来分割财产和剥离感情。可是遗憾的是，在她恢复单身的同时，曾经维系在两人之间的某种纽带也忽然断裂了，似乎当她不再是朋友的妻子的时候，她和他的联系就失色了很多。可能女儿对她没有好感是另一方面的原因，女孩没有掩饰对这个离婚女人的反感。在有她出现的场合，女儿会不自觉地勾紧他的臂弯，连他都感觉到了，只好对自己的情人苦笑。

她于是只去音乐学院里找他。有一天，他辅导两个女生协奏他的曲目。在排练休息时年轻的女孩和他开着亲昵的玩笑，他很配合。然后他看见了她的身影。她站在教室外的一棵梧桐树下，一直看着他。他看见了她的面孔，脸上的妆没能遮住疲惫和痛苦。她没有叫他，转身走了。那是个老去的女人的身影，他曾经爱慕和享受过的痕迹，在不知不觉间，被时光带走了。

她没有再来找他。她也许去了别的城市生活，也许外派到了国外。他有时会想起她，想起她端庄而伤感的脸。那点伤感一直留在了他心里。

在她刚离开的那段时间,他的心情很糟糕,就算在他的室内乐音乐会举行以后,这种懊丧的心情也没有平复多少。他的音乐作品获得好评,投资方拉着他去KTV庆功,找了一些年轻的姑娘陪唱。陪着她的姑娘和他的学生差不多大,他问了问,对方确实是在大学读书。他们互相留了电话。

第二天,陪唱的姑娘打来电话约他见面。他请她吃饭。姑娘笑眯眯地说生日和朋友一起过感觉真好。知道是她生日以后,他带她逛街,买了两件衣服和一套化妆品作为礼物给她。走累了以后两人随便找了家旅馆开了房间。他还有点放不开,但姑娘说没关系的,如果你累的话,连动也不用动,都由我来好了。你对我这么好,我喜欢你,所以我想让你开心。她说。他确实获得了非同一般的享受。

后来他才知道生日什么的全是胡扯。她们这样的姑娘遇到面善的客人时都会这么说。他没有介意,和她又约会了几次,但在即将培养出长久的感情时,他冷静下来,终止了和她的联系。他宁愿双方停留在交易的阶段,而不用牵扯进类似于情感的关系。他暂时不再需要那种牵挂。

他把注意力重新放回学校和家庭这边,这时他才有点惊讶地发现,在几年时间里,女儿不知不觉长大了,不再是一个羞怯青涩的中学生，更像一个妙龄少女。有时他不得不恼怒地把找上门来的男生赶走。那些男生看见开门的是他，都有点傻眼。然而女儿对他的干涉似乎并不生气，有时还觉得很有趣地对他做鬼脸。他只好和她讲道理，马上就要高考了，虽然没有说一定要你考个什么大学，但你必须对自己的前途负责，有些事你可以等到上大学以后再做。女儿笑了起来，爸爸你是说谈恋爱么？可是不谈恋爱的话，总感觉到有点虚度青春。他不喜欢女儿这样开玩笑。女儿看了看他，说，那么等我考上大学了，那时我就可以去做我想做的事了吧。那时当然可以了，他说。

女儿和他死去的妻子长得越来越像。他越来越喜欢和女儿一起出去，好像有这么漂亮的女儿确实是一件很让他骄傲的事情。有的学生没见过他的女儿，第一次见面时总会大吃一惊，老师，你的女朋友很漂亮嘛，这么年轻，跟我们差不多大吧。她是我女儿，他有点得意地解释。这时女儿就会微笑起来，温柔地勾紧他的手臂。

女儿考上本市的一所外国语大学以后，他居然有点难过，觉得她从此就会渐渐离开他身边。虽然办了住校，但是女儿却还是经常回家，有时下午没课，干脆跑到音乐学院来蹭他的午餐。他不得不推掉了一些约会，好腾出时间陪她。他很久都没有固定的情人了。出去看电影，听音乐会都是由她陪伴的。女儿看电影的口味相当文艺。我喜欢伍迪·艾伦。她有时会这么说，可惜电影院不太放这类电影。相比起别的女人，他还是喜欢和女儿在一起。就连一些重要的宴会，需要带伴侣参加的，都由她代劳了。为方便女儿出席这类场所，他给她买了两套香奈儿的礼服，有一套是白色的，在夜晚看起来闪着银色的光泽，那是由青春、美貌、优雅共同塑造出的颜色。女儿试衣时，他在一旁看着，居然有些嫉妒她以后的恋人。

女儿十九岁生日那天是和他单独过的。他们在复兴公园附近吃的晚餐。他选了条银色的项链送给她，吊坠是一颗由碎钻镶成的星星。他开玩笑说，这也许是他最后一次给她过生日了，以后或许就由别的男人代劳了。女儿没说话，只是笑着摇了摇头，抿一口酒。女儿和他喝掉了一瓶红酒，都有点醉了。晚餐后她没有回学校，而是搀着他回家。

等到了家，女儿请他帮忙把项链戴起来，房间里只开了一盏台灯,他看不清楚,手指一直在搭扣这里打结。女儿的皮肤温润,脖颈后面有淡淡的绒毛。他好不容易才扣上搭扣,女儿转过身,微微抬起面孔,看着他,问,好看吗?她的面颊染着一抹幽暗的红色。他看见女儿颀长的脖颈,那条精致的项链仿佛一个秘密围绕着它,一颗星形吊坠镶嵌在两条细细的锁骨的中央。他呆呆地点了点头,被女儿的目光所吸引。他看见了一张熟悉的面孔,一个陌生的女人。女儿就这么看着他。

他忽然清醒过来,感到害怕。他放下双手,异常生硬地转过身体。她从后面抱住他。他可以感觉到她的身体的温度,她呼吸的频率。他听见女儿轻声叫他的名字,像呼唤无家可归的猫咪。等一等,等一等,爸爸……我不是你亲生的女儿,不是么?

是的,他们没有血缘关系,他从来没有隐瞒过这一点,她很早就知道自己是收养的孩子。但她却和妻子长得那么像。这时他想起以前情人的评价。原来你不是道德感很强的人。他也知道自己没有那么强烈的道德感。尽管是这样,这和道德感无关,这只是一种感情。

他轻轻掰开女儿的手,默默走回了自己的卧室,关上了房门。他躺在床上，躺在一片黑暗中。女儿在门外说话，他没有做声。他听见女儿说，我今晚回学校去，他听见房门打开又关上的声音，然后，整个家就陷于一片死寂中。

他觉得自己是有点醉了，于是闭上眼睛，但过了不久就莫名其妙醒了过来，感觉到身体怎么都无法平息下去，就算默默在心里谱写枯燥的和声也无济于事。他从年轻时遇见过的女人开始想象。说来滑稽，这种自娱的方式他只有在青春期的时候才经历过，自从上大学以后就再也没有了。这是世界上最孤独的运动，到他和妻子恋爱后就终止了。谁知道过去了二十多年，现在居然又卷土重来。

妻子的形象在他脑海中显现出来，各种不同的姿势和表情，中途有别的女人短暂交替，包括朋友的妻子，可是那些女性的形象都短暂和模糊，妻子的脸在回忆中逐渐清晰起来，清晰得过于鲜明了，他一下子发觉那已经是女儿的形象，就在刚才，或者是这些年来，她穿着睡裙，抱着毛绒玩具，穿着合体的礼服，或者是刚洗完澡，让他帮着拿件内衣，或者是她带着含糊的爱意亲吻他的脸。她一直用眼睛看着他，好像妻子一样。后来他起床看着镜子里的自己，内心觉得有些忧伤。他的样子仍然年轻。他仍然年轻。

第二天，他去大剧院参加一个音乐讲座时，遇见了过去的学生。她摘下眼镜说，老师你不认得我了吧。他认出了她。在此前的十几年里他还从没有和自己的学生约会过，但这天晚上是一个转折。她成为第一个和他上床的学生，不过远远不是最后一个。

如同正常的男人那样，他偏好面目好看和身体苗条的女生，有的女生是在毕业以后才和他约会，有的则是在读书时就和他在一起了。他本来以为和自己的学生约会是一件极其麻烦的事情，可是事实却是完全不费工夫，简直像是去宠物店挑选宠物一样，只要稍在它们面前驻足，它们就会对他产生兴趣。青春年少时，他和普通的男孩一样对女孩朝思暮想，只求得到其中一个爱慕的女孩就心满意足。可是无论怎么努力，女孩们总是看不上他们。等到他已经不再年轻，青春的痕迹已经荡然无存，疲倦和沧桑取而代之以后，才发现女孩是可以轻易得到的东西。有时会因此而异常伤感。他好像看见了一个年轻而孤单的男孩。他为那个年轻的男孩感到难过。

一开始他和他的学生约会是瞒着女儿的。学生们知道他有个和她们年龄相仿的女儿，自从那天晚上以后，他从来不和她们提与女儿有关的话题。女儿相应地减少了去音乐学院的次数。不过有时，他们走在学校安静的小径上，默默无言，他明显能感到女儿带有某种期盼，也许他可以像过去那样，像她还没有长大的时候，握着她的手走在路上。现在他只觉得心烦意乱，只想着晚上去见某个学生。有些人能够从和不同对象的交往中得到异样的满足和快感，可是他不是，似乎睡过的女性越多，她们每个人的形象就越模糊，身上那种女性的特质就越不明显。和年轻女孩在一起，一部分的他好像抽身离开，坐在一边，像看着破损的家具一样看着两个人的身体。

由于患有不育症，他并不怎么担心对方怀孕，所以时常没有采取避孕措施。这不是值得炫耀的事，所以他没有对情人们提起。不要担心，我有不育症，这样无论如何都像在说冷笑话。有的人会坚持让他戴避孕套，他也不辩解，乖乖戴上。印象里有个娇小的女孩对此毫不在乎，还开玩笑说一旦怀孕了就嫁给他。事后他觉得这句话实在奇妙。

女儿还是渐渐发现了他和学生的事情。有一天实在是找不到旅馆，他就带一个女孩回家过夜了，女儿回家后发现了他们在卧室里。她把练习用的大提琴重重地砸向他的房门。他听见她哭着跑了出去。他身边的女孩很紧张，瞪大眼睛看着卧室的门。他怀着苦涩和快意，完成了剩下的步骤。那天晚上他在空虚中体验欲望的退去。他并不担心女儿的情况。他知道迟早会有这样的事情发生。这不是最坏的结果。

让他伤感的事，在后面的日子里一件件来了。

他的父母相继去世，前后不过两三年的时间。这和妻子的去世是完全不同的痛苦。倒不是为老人觉得难过，两个老人都已经七十多岁，相对来说去世前也没经历太多病痛。只是父母的去世让他觉得他在这个世界上再也没有可以依靠的亲人了，那个无论他做了什么错事，搞砸了什么事情都会包容他的家，已经完全不存在了。他在这个世界上已经没有根源。父母去世很久后，他还是会在熟睡时不知不觉地流泪，仿佛做了一个异常悲伤的梦。他半夜起床，去洗脸池洗去泪痕。他不想让别人知道。那些女友不会理解他，她们因为他是教古典乐的大学老师，是有点名气的大提琴演奏家，举行过个人作品演奏会的人而在爱慕他。

那些年轻姑娘也许完全不能理解他的软弱和痛苦，她们觉得完美的性爱是给予他的最好的礼物，她们并不知道他忍受着怎样的痛苦。他的前列腺有炎症，尽管这几乎是所有男性在中年以后都会有的慢性病，但他还是觉得耻辱。他喜欢的音乐和他得的前列腺炎不是一回事。有时他觉得自己被什么东西嘲弄了。为了掩饰，他戒了酒，上课前和演奏时尽量不喝水，好维护一点尊严。

他和女儿的关系一团糟。不是因为吵架，而是因为互相间那有意无意的伤害。从大学开始，女儿认识了许多男人，有的是她的同龄人，有的年龄比她大，甚至看上去要比他大。他看见老克勒一样的老男人送她回家，也看见过风度不错的中年男人开车接她外出。相比起来，有一次她带一个男生回家过夜简直是可以忍受的事了。说不清他和那个年轻人谁更拘谨，他拉开房门走出去，去了一个朋友家借宿一晚。他没有怨恨女儿的想法，年轻时做些错事不要紧，何况这也算不得多么荒唐的事，至少不比他更为荒唐。他只是在醒来以后觉得心脏不太舒服，气喘不上来。

五十岁那年，他的心脏第一次出了问题。去医院检查心血管，却检查出了一堆其他的毛病。除了心脏病以外，他还得了胰腺炎和糖尿病。这个身体显然已经衰弱，各个部件都渐次出现问题，正在走向衰老。在挂号等待时他看见外面秋色已重。他没有叫人陪同，也没有告诉女儿。他感觉到自己老了，在演奏大提琴时，手指已经失去了稳定，控制不住琴弦。

唯一能做的就是维持自己表面的形象，对服饰外表精心呵护，在外人面前犹如上足了发条的闹钟般一丝不苟。他的风度依旧很好，只不过时间更多地用在了独处和创作上，和几个女友都不再联系。他不愿自己现在的模样被年轻的女性看见。如果可能，希望能将自己过去的形象维持到退休为止，退休以后他想要去旅行，也许就在旅行时悄悄死在某个小镇，那样就很好。

这样的生活持续了两年。有一次上课时，他心脏病发作，一下子摔倒在讲台上，昏了过去。他被送进了医院，经过抢救才苏醒过来。

醒来时他看见一个年轻的女人坐在病床边陪护，他以为是妻子，因为长得实在相似。他过了一会儿才意识到那是女儿。她低头坐在那里。你怎么了，有人欺负你了吗？他想这么对她说，抚摸她的头发，忘记这几年来发生的事情。可是他什么都没有做。

你一直没有告诉我你生病了。女儿说。你还在生我的气吗，爸爸？

我没有生你的气。他想说，就算你和再多的人上床，我还是爱你，作为父亲，以及不是父亲的那个身份。只是我不想让你知道。

所以他只是无力地笑了笑。

在他住院的这段时间，女儿一直来探望他，给他带了他的琴谱和手稿。他不太能说话，所以听起来一直是女儿在喋喋不休，说的话比之前几年加起来的都要多。女儿把这些年她遇见的人和发生的事告诉他。那些都是伤心的故事。有些是她伤害别人，有些是别人伤害她。不过每个故事都有让他难过的部分。在说完了很多话以后，女儿就在他面前沉默下来。这也就预示着她要走了。

他的学生也来看过他，甚至还有以前的情人。她们看见他的时候，都为他的老态感到吃惊。当他知道这一点以后，就拒绝陌生人来探望了。也许她们中有些人会一直记恨他，有些人会想念他，但都无关紧要，到了最后，她们都会离开，并且忘记发生过的事。

他的病情一直在反复,一直出不了院,医生在探讨手术的可能性。有一天,女儿像以往那样来到病房。房间里出乎意料地安静,她走到窗口这里,过了好久才开口说话。

爸爸,我有点累了。她轻轻叹了口气。我要结婚了。

他沉默了一会,点点头。

这样很好。

你不想知道他是什么样的人么?

我不用知道。他看着她说,不过最好不是当老师的。尤其别是大学老师。

女儿微笑了一下,表示明白他的意思。这是他用自己的经历告诉她的。

他也笑了一下。通过这样的方式,现在他们终于原谅了对方。

后来她带着一个年轻人来看他。那个年轻人长相很普通,好像也不太会说话,就跟他自己年轻时一样。女儿对他说,已经订好了日期,对方家里是信教的,所以会在徐家汇的天主教堂举行婚礼,婚礼日期正好和他的手术日期冲突。医院还是决定动手术来缝合那颗心脏。他的身体也不允许他离开。

这天女儿走的时候,走到他跟前,弯下来亲了他的嘴唇。

再见,爸爸。她说。

早上天气很好,他起床以后慢慢摸索着下床,自己花很长时间洗漱了一遍,刮干净胡须。身体无论怎么擦拭都带着消毒水的气味。他换上干净内衣,从旅行箱里拿出事先准备好的礼服。上次穿还是在他的音乐会举行的时候。他比原先瘦了,背也佝偻了起来,衣服却还算是合身。时间差不多了,他从电梯下楼,走得很慢。路上只有两个护士看见了衣冠楚楚的他,好奇地看了两眼。走到医院门口,他叫了辆出租车。

路上一直堵车,车开到徐家汇那里已经过了时间。婚礼已经进行到一半。他走入教堂大门,就和在医院一样,没有惊动别人。来的宾客不算很多,他在最后一排那里坐下来。女儿和一个男人站在圣坛前,看起来多少有点心神不宁。在神父询问男方时,她像是忽然感觉到什么一样,回过头,望向他的方向。离得太远了,他不确定女儿发现他没有。

直到神父开始问话,女儿才转过面孔。神父问女儿愿不愿意嫁给身边的男性。

她没有马上回答,只是低着头。神父以为她没听清,又问了第二遍。

她还是没说什么,像是在思考一个问题,保持着沉默。新郎不安地看着她。

宾客开始窃窃私语。

是的。她低声,但是清晰地说,我愿意。

那是一个漫长的时刻。他闭上了眼睛。再次睁开时,看见女儿在人群里找他的踪影。

他站起来,转身打开教堂的门,走了出去。离开教堂,走到外面的广场时,身体有点支撑不住了,一切都好像轻飘飘的,失去了重量。他在广场的长椅上坐下来休息,身边有个学生模样的人在写生。两个顽皮的孩子从右边跑了过去,几只鸽子飞了起来。对面一名年轻的男孩打开盒子,拿出一把小提琴。男孩拉弓试了一下,奏出一段不连贯的声音,可能刚开始学琴。他有点想笑,又不知道为什么觉得很难过。你的姿势不对,他想对那个男孩说,小时候他也有把提琴,是把大提琴。但男孩没有听见他说话。那把琴好久没摸过了,大概都积灰了。有一把被摔坏了。小时候父母逼着他练琴，他一怒之下砸坏了它。摔坏了他又很难过，他抱着那把断掉的大提琴哭泣，仿佛那是一个最好的朋友离开了。

他连手都抬不起来了，心脏微微跳动了一下，眼睛阖了起来。他回忆起在夜晚的花园，周围多么安静，楼上一盏盏灯都熄灭了。在黑暗中，他拉奏他的那把大提琴，演奏一首舞曲，一个女人在旋转身体，看不清她的脸，一直等到舞曲结束才能知道。于是他心中怀着爱意，拉奏着舞曲，等待结束的时候。

图书在版编目（CIP）数据

小夜曲 /《小说界》编辑部编. -- 上海:上海文艺出版社,2023
（小说界文库. 第二辑）
ISBN 978-7-5321-8540-5

Ⅰ.①小… Ⅱ.①小… Ⅲ.①短篇小说－小说集－中国－当代 Ⅳ.①I247.7
中国版本图书馆CIP数据核字(2023)第027380号

发 行 人：毕 胜
责任编辑：乔晓华 徐晓倩 项斯微
封面设计：人马艺术设计·储平
封面摄影：陈惊雷

书 名：小夜曲
编 者：《小说界》编辑部
出 版：上海世纪出版集团 上海文艺出版社
地 址：上海市闵行区号景路159弄A座2楼 201101
发 行：上海文艺出版社发行中心
上海市闵行区号景路159弄A座2楼206室 201101 www.ewen.co
印 刷：上海盛通时代印刷有限公司
开 本：1092×787 1/32
印 张：7.75
插 页：2
字 数：123,000
印 次：2023年3月第1版 2023年3月第1次印刷
I S B N：978-7-5321-8540-5/I.6730
定 价：45.00元
告 读 者：如发现本书有质量问题请与印刷厂质量科联系 T:021-37910000